KLAUS ZEH
HEY TONIGHT

Klaus Zeh, Jahrgang 1965, ist Schriftsteller, Musiker und Liedermacher. Er lebt in Reutlingen.

Der Autor hat sich schon seit Beginn seiner schriftstellerischen Tätigkeit gegen die Veröffentlichung im herkömmlichen Verlagswesen entschieden. Ihm ist es ein großes Anliegen, seine künstlerische Unabhängigkeit, sowie die Rechte an seinen Werken zu behalten.

Alle Werke von Klaus Zeh sind auf der letzten Buchseite verzeichnet.

Klaus Zeh

Hey Tonight

Ein Epitaph

Bibliographische Information der Deutschen Nationalbibliothek:
Die Deutsche Nationalbibliothek verzeichnet diese Publikation in der Deutschen Natio-
nalbibliographie; detaillierte bibliographische Daten sind im Internet über
http://dnb.d-nb.de abrufbar.

© 2020 Klaus Zeh
Herstellung und Verlag: BoD – Books on Demand, Norderstedt
Layout und Umschlaggestaltung: Adeline
Alle Rechte vorbehalten
ISBN: 9783750499119

Für Deda,
die mich unter lichtenen Flügeln barg

I see the bad moon risin'
I see trouble on the way
I see earthquakes and lightnin'
I see bad times today
                    John Fogerty

Bad Moon Rising

Was gibt es über eine Frau zu sagen, die vor
33 Jahren starb?
Und die genau 33 Jahre alt wurde.
Die eine Schwester war.
Meine Schwester.
Die Einzige.
Ich, ihr einziger Bruder. (11 Jahre jünger.)
Eine Frau, die Tochter war.
Ehefrau.
Freundin.
Helferin.
Beschützerin.
Zuhörerin.
Geschlagene.
Verprügelte.
Vergewaltigte.
Davongejagte.
Retterin.

Dass sie humorvoll war.
Witzig.
Dass man Pferde mit ihr stehlen konnte.
Auch anderes.
Dass sie Jesus verehrte,

Zigaretten,
Cognac.
Dass sie *Asterix und Obelix* liebte (noch immer die einzige Frau, die ich kenne)
und kitschige Liebesfilme,
vor allem die *Sissi* Verfilmungen mit Romy Schneider.
Dass ihr die bedauernswerte Romy Schneider sehr leid tat (warum, wusste ich damals noch nicht).
Dass sie vernarrt in *Winnetou* war, nicht in Pierre Brice.
Dass sie Disko-Musik mochte.
Dass sie nur ein einziges Buch liebte (ein einziges je gelesen hat?) –
Erich Segals *Love Story*.

Dass sie die Bands ihrer Zeit hörte: *Creedence Clearwater Revival*,
die *Beatles*, die *Rolling Stones*.
Ob in dieser oder einer anderen Reihenfolge, hing von ihrer Stimmung ab.

Dass sie vor allem Stimmungen liebte jedweder Art, selbst die dunklen.
Dass sie stets mitfühlend zuhörte.
Immer und für jeden ein paar Groschen oder auch Scheine übrig hatte.
Dass sie überall nur mit ihrem Kosenamen gerufen wurde: DEDA.

Zumindest, bis sie wenige Jahre vor ihrem Tod ins Allgäu gezogen ist.

Dass es Zeitgenossen gab, die meinen Eltern ins Gesicht sagten, ihre Tochter sei ein Engel.
(Von mir hat das nie irgendjemand behauptet.)
Aber ich bin ja auch nicht, wie sie, unter Neptuns Einfluss geboren.

Und dann die Sache mit Jesus:
Wie sie von ihm geschwärmt hat.
Von seiner Fähigkeit, Gutes zu tun.
Von seiner Fähigkeit, zu heilen.
Von seiner Fähigkeit, zuzuhören.
Wie überhaupt von allen seinen Fähigkeiten.
Und von seinen Worten.
Was er sagte,
wie er es sagte,
welche Wege er zu uns mit seinen Worten findet –
und mit Begegnungen.

Bädeschd du manchmol?

Seit unsere Mutter mit mir am Kleinkind-Bett betete, hatte ich es nicht mehr getan.

Warom soll i?

Machs, schwätz mit em, er gibt dr Antwort.

I will gar ed mit em schwätza.

Warom ed?

I komm au ohne ihn glaar.

In ihren Augen heimliche Tränen.

Red später mit em, irgendwann amol, verschbrich mers.

Noi!

Du muasch!

I muass gar nix, hersch, für koin.

Machs für di, bloß für di, Didi.

Ich will etwas erwidern, aber sie legt ihre Hand auf meinen Mund, lächelt mich an, ganz mild, sehr liebevoll, fast zart.

Ich schweige unter ihrem Blick.

Ihr Blick.

Auf keinem der Fotos, die es von ihr gibt, wirkt sie glücklich.

Oder froh.

Nicht einmal, wenn sie lacht.

Nicht einmal, wenn sie herzhaft lacht, überschwänglich.

Immer ist da diese Traurigkeit in ihrem Blick, diese alles überschattende Traurigkeit.

Sie greift einem ans Herz, zerrt daran.

Wo beginne ich?
Bei ihren Ehemännern?

Nein, bei ihrem Vater.
Der sie, wenn sie als Siebzehnjährige zu spät nach Hause kam, auch schon mal mit Fäusten zu Boden schlug.
Der sie schlug, wenn sie rauchte.
Dabei hat er selbst als Sechsjähriger mit dem Qualmen angefangen, aber das ist ja etwas völlig anderes ...
Er konnte sie noch so sehr als Punchingball benutzen, zu Rauchen hat sie nie wieder aufgehört. Sie hing daran, als ob es um Leben und Tod ging.
Letztlich war es das wohl auch bei ihr –
Leben und Tod.

Ihre Ehemänner.
Kein glorreiches Kapitel in ihrem Leben.
(Wie bei so vielen.)

Der Erste:
Säufer.
Prügler.
Sexsüchtig.
Gewalttätig.
Taxifahrer.
Schwindsüchtiger.
Früh Verstorbener.

Der sie für seine Sexfantasien benutzte, Dinge in sie einführte, Gegenstände.
Es sollte weh tun.

Der Zweite:
Eine Jugendliebe.
Zeltplatz-Romanze, die sie nach dem Tod des Ersten wieder aufgesucht hatte.
Schläger. (Schwierige Kindheit?)
Waffen-Narr.
Kampfsport-Fan.
Angler.
Ein Typ, der Menthol-Zigaretten rauchte und wohl glaubte, sich dabei etwas Gutes zu tun.
Der sie tagelang, wochenlang, monatelang abends alleine ließ, um mit seinem Saufkumpel auf Tour zu gehen, durch Kneipen und Kaschemmen, Schlägereien suchte und fand, und wenn er nach Hause kam, auch ihr noch eine klebte.
Der an einem Essen herum schimpfen konnte, es sei zu kalt, zu heiß, versalzen, zu weich, zu hart, ungenießbar ...
Wenn sie sagte, beim Kochen entstehe nun einmal Hitze – Klatsch!, fing sie eine.
(So stelle ich es mir vor.)

Ich denke, er meinte es nicht einmal böse.
Er konnte nur nicht anders, damals.

Ein Versager von einem Ehemann. (Der falsche Mann zur richtigen Zeit.)
Ein Ehemann, den sie verlassen wollte, doch ihr eigener Tod kam ihr dazwischen.

Bei wem hat sie Trost gesucht – Liebe?
Bei dem Kollegen, mit dem sie sich so gut verstand, mit dem sie die Mittagspausen verbrachte.
Und mehr?
So wie sie damals Trost und Liebe gesucht hat, als ihr erster Ehemann sie schlug und gleichzeitig vernachlässigte.
Sie konnte nicht ohne Liebe leben, nicht im Mindesten.

Woisch, Didi, ohne Liebe lässt sich's oifach ed räacht läba.

Später fragte ich mich oft, wie bescheuert sie eigentlich sein musste, sich gerade solchen Typen an den Hals zu werfen.
Psychologie!
Selbstreflexion?
Sie konnte es offenbar nicht.
War sie naiv?
Schwach?
Brauchte sie den „starken" Mann?
Einen Vaterersatz?

Tat sie es nur, weil sie es nicht anders konn-
te?
Nicht anders konnte?
Psychologie?

Vielleicht bin ich ungerecht, verkenne, ver-
kläre, stelle einseitig dar, bin parteiisch.
Natürlich bin ich parteiisch, sie war meine
Schwester.
Sie taugte mehr als all die Typen, auf die sie
sich einließ.
Zwei davon wurden ihre Ehemänner.
Schon wieder ergreife ich Partei für sie.
Warum auch nicht. Es geht mir nur um sie.

Nur um DICH, Deda.

Es war nicht immer so, doch dazu später.

Lookin' Out My Backdoor

Sie war listig.
Als Sechzehnjährige hatte sie einen Freund.
Ich nenne ihn Bruno. Seinen richtigen Namen habe ich vergessen.
Das spielt auch keine Rolle.
Er hieß für mich Fünfjährigen ohnehin anders.

Auf einem der Fotos, die ich von ihr besitze, lehnt sie lässig mit ihm an einem dunklen Sportwagen.
Die Farbe des Wagens lässt sich schwer bestimmen. (Schwarz-Weiß-Foto.)
Ich erinnere mich, der Typ kam oft zu Besuch.
Aber immer nur, wenn Vater und Mutter nicht zuhause waren.
Die beiden verzogen sich dann in ihr Zimmer und blieben verschwunden.
Sie hatte Glück, einen kleinen Bruder zu haben, der sich stundenlang alleine mit seinen Spielsachen beschäftigen konnte.

Manchmal spielte er auch eine Weile zuerst mit mir, bevor sie verschwanden.
Meine Schwester sagte zu mir, er heiße „Niemand".

Des isch niemand.

Wenn meine Eltern nach Hause kamen, rannte ich ihnen entgegen und rief:
Niemand war do! Niemand!

Sie kam damit wirklich durch.
Mich, als Vater, hätte sie damit nicht an der Nase herumgeführt.
(Oder vielleicht doch ...)

Ich stelle mir vor, wie sie und Niemand sich krumm gelacht haben, sehr stolz auf ihre List.
Es ist ihre Idee gewesen.

Who'll Stop The Rain

Didi, hosch mi liab?
Ich kuschelte mich an sie.
Ha jo, Deda.

Sie machte ihre Ausbildung in einem Schall-
platten- und Musikgeschäft in der Wilhelmstraße.
Das war der Lieblings-Ort meiner Kindheit.
Ich saß ganze Nachmittage in einer der Hör-
kabinen (welch ein Luxus) und hörte Schallplatten. Märchen oder Kasperle Geschichten.
Vor allem aber Kasperle Geschichten.

Manchmal standen Leute vor den Kabinen
und schauten lachend durch die Scheiben
herein, weil mein Lachen sie ansteckte.
Diese Hörkabine wurde zu meinem Zu-
fluchtsort.
Mein Exil.
Wenn die Tür geschlossen war, hörte man
von draußen nichts mehr. Ich sah nur, wie
die Kunden und das Personal ihre Münder
bewegten.

Kein Ton mehr, keine Stimmen, kein Lärm, keine Welt.
Nur die Welt des Kasperles, die in solchen Stunden zu meiner wurde.

Sie legte mir die Schallplatten auf und überließ mich lächelnd seinen Abenteuern.
Ihr Chef muss ein wunderbarer, toleranter Mann gewesen sein.
Es waren die 1970er Jahre. Eine andere Zeit.
Eine völlig andere Zeit.

Unsere Mutter war nicht zuhause, nie, sie arbeitete.
Sie putzte Büros.
Sie musste wohl für ihr Leben gerne putzen, Ordnung herstellen und Ordnung halten.
Wie sonst konnte man seinen siebenjährigen Jungen alleine lassen, ihn in die Obhut seiner siebzehnjährigen Schwester geben, in ein Schallplatten-Geschäft.

Manchmal spickte Deda herein, fragte, ob ich etwas zu essen oder zu trinken haben wolle, lächelte mich an und fuhr mir durch die Locken.
Da saß ich also mit meinem Kasperle, seinen Abenteuern und Späßen, mit Fanta und

Brezeln, Schokolade und Nüssen und fand die Welt und das Leben ganz in Ordnung.
Bei weitem besser, als zuhause meine ewig weinende, innerlich abwesende Mutter zu sehen – wenn sie schon mal da war.

Deda, do will i au amol schaffa, in dem Lada, sagte ich zu meiner Schwester.
Des machsch!

In der Mittagspause nahm sie mich bei der Hand und ging mit mir heim.
Sie wärmte das Essen vom Vortag für uns auf.
Vater kochte sonntags immer so viel, dass es fast die ganze Woche für alle reichte.
Nur die Beilagen wechselten manchmal.
Wenn sie Lust dazu hatte.

Wa geits heit zom Essa?
Nudla ond Sooß.
Scho wieder!

Nudeln und Soße waren so etwas wie unser Leib- und Lebensgericht, was sich durchaus im doppelten Sinne verstehen lässt.

Nach dem Essen hatte sie noch zehn oder fünfzehn Minuten, bis sie wieder los musste, legte sich in mein Bett und rauchte.

Natürlich durfte sie nicht im Zimmer rauchen.

Sie durfte ja nicht einmal irgendwo sonst rauchen.

Ich schaute sie an.

Jonger, des isch mr egal, komm mol her.

Ich durfte mich zu ihr ins Bett kuscheln.

Auf dem Teller des Plattenspielers drehte sich wieder eine *Creedence Clearwater* Platte.

Hörsch des?

Ich schaute sie fragend an.

Dui Melodie!

Hör zua!

Ich hörte zu.

Dui isch wia's Läba.

Erst zehn oder fünfzehn Jahre später wurde mir klar, dass ein Song oder eine Melodie wie das Leben sein konnten.

Woisch, s'Läba isch wia a Hühnerloider – kurz ond bschissa.

Dass das Leben mit einer Hühnerleiter vergleichbar sei, eben kurz und beschissen, verstand ich glücklicherweise damals auch noch nicht.

Nun, eine besonders gute Pädagogin war sie nicht gerade – manchmal.

Aber sie war meine wunderbare große Schwester. Das war mehr als genug.

Ohne sie wäre ich vielleicht vor die Hunde gegangen.

Das beschissen kurze Leben sollte tatsächlich ihres sein.

Hey Tonight

Als sie 18 wurde, begann sie in der Diskothek am Ende der Straße zu arbeiten.
Und sie begann zu trinken.
Sie hatte ja auch ein echtes Vorbild darin:
Ihren Vater.
Der soff so ziemlich alles. Bier, billigsten Fusel, Cognac, Schnaps, Weinbrand.
Sind Cognac und Weinbrand eigentlich dasselbe?
Ich erspare mir die Recherche diesbezüglich.
Ich selbst trinke keinen Alkohol. Noch nie.
Nicht einen Tropfen.
Ich hasse Alkohol.
Unser Vater hat ausreichend für drei Leben gesoffen.

Dort, in der Disko, hat sie ihren ersten Mann, E., kennen gelernt.
Er fuhr einen himmelblauen Opel Rekord.
Ich liebte dieses Auto.
In seiner Freizeit fuhr er Autorennen.

Ein Mal setzte er mich auf den Beifahrersitz, ohne mich anzuschnallen, und raste mit mir in seinem Opel von der Unteren Gerberstraße in die Obere und zurück. Er hatte mich unter einem Vorwand von Zuhause abgeholt, um mit mir diese Fahrt zu machen.

Das ging richtig im Oval durchs Gerberviertel und war so etwas wie ein kleines *Le Mans* für ihn.

Die Reifen quietschten, er lachte laut, gab mehr Gas, ich hielt mich mit beiden Händen am Griff fest, er lachte noch lauter, fuhr noch schneller.

Wenn ein Fußgänger oder ein Kind aufgetaucht wäre ...

Vor der Disko hielt er mit aufschreienden Bremsen, stieg aus, hatte mich vergessen, ging lachend auf meine Schwester zu, die wütend und weinend da stand und rief, ob er verrückt sei.

Sein Blick verfinsterte sich. Er verschwand in der Disko.

Meine Schwester holte mich aus der Karre heraus und brachte mich nach Hause.

Irgendetwas stimmte nicht mit E.

Vielleicht mochte er mich nicht.

Aber das beruhte auf Gegenseitigkeit.

Ich weiß nicht, wie oft bei uns zuhause das Telefon klingelte, wenn sie wieder mal Hilfe brauchte.
E. in der Disko randalierte, später vor der Disko stand, sie abpasste, mit ihr reden wollte, was bei ihm immer in Schlägen endete.
Oder wenn er ihren Wagen kurzschloss, sodass sie nicht mehr wegfahren konnte, und so auf ihn angewiesen war.
Wenn er ihr vorwarf, mit anderen Männern geflirtet zu haben.
Was sie bestimmt lange Zeit nicht tat, denn sie liebte dieses Arschloch tatsächlich.
Sie zog sogar mit ihm zusammen.
Ließ sich alles gefallen. Liebte ihn dennoch.

Hatte Mitleid.
Unverbesserliches Mitleid.
Verlobte sich mit ihm.
(Ihr war nicht zu helfen.)
Mutter konnte nicht verstehen, wie sie mit solch einem Typen zusammen sein konnte.
Hatte sie selbst nicht denselben Fehler begangen?

Zuvor aber kam Deda mit Strolchi an.

Sie hatte ihn in irgendeiner Kneipe in der Straße aufgegabelt.

Eine Handvoll Hund. Ein Knäuel Fell mit vier Beinchen, auf denen er noch nicht einmal richtig stehen konnte. Wankte wie besoffen.

Pisste und schiss überall hin. Mutter drehte durch.

Deda kämpfte für ihn, wollte ihn behalten.

Die nächsten Wochen stand sie nachts auf, wenn er Hunger hatte, putzte alles, sorgte sich um ihn, und war auch die Erste, die mit ihm nachts Gassi ging.

Hey Tonight sang sie grinsend, wenn sie ihm die Leine ans Halsband schnallte und nachts noch rausging.

Ich liebte sie dafür, dass sie den Hund angeschleppt hatte.

Und bald war er der Liebling aller.

Als sie auszog, wurde er *mein* Hund. (Zumindest stellte ich mir das so vor.)

Und sie zog bald aus.

Zu bald.

Travelin' Band

Mittagspause.
Didi, komm, mir mached a Schbiel!

Ich renne zu ihr in die Küche.
Ich liebte ihre Spiele.

Unsere beiden Teller sind voller Soße.
Nur eine einzige Makkaroni schwimmt darin.
Wer z'erscht fertig isch, hot gwonna, sagt sie.
Na klar, was denn sonst.

Ich setze mich.
Jeder fischt seine Makkaroni aus der Soße.
Die Soße an den Fingern ist eklig.
Auf drei gohts los!
Mit der Makkaroni im Mund beginnt sie zu zählen:
... Zwoi ... Drei!
Jeder saugt drauflos.
Die Soße schießt mir durch den Makkaroni-Strohhalm in den Mund, in den Rachen.
In die Luftröhre. In die Nase.

Ich verschlucke mich, huste, Soße läuft mir aus der Nase, meine Augen tränen.

Sie lacht sich kaputt.

Scheiße, i hann verlora.

Sie tröstet mich, sagt, ich solle mir die Schuhe anziehen.

Hausaufgaben mache ich in der Kabine im Musikgeschäft, während das Kasperle ein neues Abenteuer erlebt, und ich mit ihm.

Wie jeden Nachmittag.

Später bekomme ich für meinen ersten Aufsatz in der Schule eine glatte Eins.

Hab ich wohl auch ihr zu verdanken.

(Und dem Kasperle.)

Eines Morgens erscheint sie nicht zum Frühstück.

Unser Vater ist schon lange weg. Er verlässt um fünf Uhr morgens das Haus Richtung Arbeit.

Wo isch Deda?

Unsere Mutter geht nach oben unters Dach, ich begleite sie.

Ihre Bude ist leer.

Das Bett unbenutzt, kalt.

Himmel, wie ich sie um diese Bude unterm Dach beneidet habe.

(Später, nach ihrem Auszug in der Nacht zu ihrem achtzehnten Geburtstag, versprach

mir unser Vater, ich würde ihr Zimmer bekommen.)

Jedenfalls ist ihr Bett leer und unbenutzt.
Ich schaue mich um.
Betrachte die Bögen Silberpapier an den
Wänden, den Star-Schnitt der *Rolling Stones*,
die *Beatles*-Poster, all die *Creedence Clear-
water* Schallplatten-Cover, die sie mit Reiß-
zwecken an die Wand gehängt hatte.
In ihrem Zimmer fühlte man sich wie in ei-
ner Diskothek.
Aber wer hing schon Platten-Cover an die
Wände?
Mit Reißzwecken!

Und die Platten?
Lagen gestapelt neben dem Plattenspieler.
Ohne Hülle. Ohne Schutz.
Ich empfand es schon damals, mit Sieben,
als absolut schändlich.

Jetzt gohts los!, schimpft Mutter.
Sie ist schneller unten als ich. Ich muss ihr
hinterher eilen.
Zum Glück ist Vater nicht da.
Derweil klingelt unten das Telefon.
Mutter hetzt ran, nimmt den Hörer ab,
nennt ihren Namen.

(Im selben Tonfall wie sie es noch heute tut, ein halbes Leben später.)

Wo bisch du, in Schdroßburg? I glaub du schbennsch!

Ich höre ihre Stimme durch die Hörmuschel.
Sie klingt weit weg.
Als stünde sie in einer Telefonzelle irgendwo am Arsch der Welt.
Sie sagt, sie sei mit ihrer Clique gestern Abend nach Straßburg gefahren. Eigentlich wollten sie noch in der Nacht wieder zurück kommen, aber „des Audo isch verreggt".

Ja ond jetzt?, forscht Mutter übellaunig.
Deda sagt, sie alle würden mit dem Zug heimkommen.
Des Audo isch dodal em Arsch!
Ond du? Bisch du gsond?
Mutter besinnt sich.
Ihre Tochter irgendwo in Frankreich, das bereitet ihr nun doch Sorge.
Mädle, bass uff de uff!
Sie verspricht, vorsichtig zu sein.
Mutter findet zum vorwurfsvollen Ton zurück: Aber grank melda kosch de selber em Gschäft!

Deda versucht, sie zu überreden, dass sie, Mutter, es für sie tun solle.

Noi, uff koin Fall!

Bidde!

Mutter überlegt, sagt nichts.

Bidde!

Beide schweigen.

Bidde – Mamma!

Mutter überlegt wieder lange.

Mamma, I hann koi Geld me.

Also guad, aber des isch a Ausnohm, dass des woisch!

I dank dr Mamma, ond sag bloß em Babba nix!

Mutter droht: Komm mr bloß hoim, Mädle.

Noi, i sag em nix.

I dank dr, Mamma.

Es knackt in der Leitung. Sie hat aufgelegt.

Dui ko äbbes erläba, sagt Mutter, nachdem sie aufgelegt hat und macht sich schimpfend an den Abwasch.

Spät abends kommt Deda völlig übernächtigt und ausgelaugt heim.

Gott sei Dank, bruddelt Mutter.

Aber Mädle, wie siesch denn aus!, schimpft sie besorgt. Gang au ens Neschd ond schlof a bissle, bis dr Babba hoimkommt.

Der stattet, zum Glück für Deda, nach seinem Feierabend wie immer erst einmal seiner Lieblingskneipe einen Besuch ab.
Deda zwinkert mir mit einem Auge zu und verzieht sich nach oben in ihre Bude.

Ich bin irre stolz auf sie und grinse vor mich hin.

Ond du brauchsch gar ed so domm grinsa, schimpft Mutter mich an, sonsch kosch du au glei ens neschd ganga.

Have You Ever Seen The Rain

Als sie Zwölf war, vergaß sie mich an einer Straßenecke.

Sie hatte sich immer um mich kümmern wollen – Mama spielen.
Mich beschützen, mir zu trinken geben, mich wickeln wollen.

Da ich meiner Mutter beim Stillen die Brustwarzen zerbissen hatte, wurde ich schon sehr bald abgestillt.
(Sicherlich ein traumatisches Erlebnis, aber diese Zeilen hier sollen ja nicht mir gelten.)
Ich war wohl so etwas wie ihr kleines lebendiges Püppchen.
Auf jeden Fall aber ihr kleines Brüderchen.
In der Schule hatte sie stolz einen Aufsatz geschrieben:
Mein kleines Brüderlein.

Ein Foto von uns beiden:
Ich, noch kein Jahr alt.
Sie hält mich im Arm, wie eine richtige Mama.

Mit dem rechten Arm hält sie mein Köpf-
chen, den linken hat sie routiniert unter
meinen Rücken geschoben.
Sie lächelt mild, glücklich.
Bis auf den sanften Glanz Traurigkeit in ih-
rem Blick.
Ihre Züge sind weich. Der Pony über der
Stirn viel zu kurz.
(Ich könnte wetten, dass Vater diese Frisur
verursacht hatte.)

Meinen Kopf hat er später stets im Halbsuff
jedes Mal zum Nazischädel geschoren.
Ich weinte jedes Mal darüber, weil ich wusste, dass ich in der Schule und unten auf der
Straße bei meinen Freunden ausgelacht
wurde.
Erst Deda ergriff später Partei für mich und
brachte meinen Vater dazu, mich zu einem
anständigen Friseur zu bringen.
Als sie erfuhr, dass ich auch von dem Typen,
unter Anordnung meines Vaters, dieselbe
Frisur verpasst bekam, schnitt sie mir immer in einer ihrer Mittagspausen die Haare
selbst.

Aber ich wollte ja erzählen, wie sie mich
vergessen hatte ...

Sie musste mich auch mit zum Spielen auf die Straße nehmen. Sie war die Einzige, die ihr Geschwisterchen mitnehmen musste.

Die anderen hänselten sie dafür, aber sie nahm mich in Schutz.

Sie spielte am liebsten mit den Jungs. Meistens Räuber und Gendarm.

Die Gruppen wurden von ihr aufgeteilt.

Wer nicht parierte oder aufmuckte, bekam von ihr eine geknallt.

Einer aus der Oberen Gerberstraße motzte herum, brüllte, warum sie ihren kleinen Bruder mit dem Rotkohlkopf immer mitschleppen musste.

Sie haute ihm die Faust auf die Nase.

Er heulte los, blutete sich das T-Shirt voll und rannte heim.

Die Eltern wurden angerufen.

Mutter hielt ihr eine Moralpredigt.

Vater lachte und meinte, sie solle diesen Lausbuben ruhig ordentlich eins in die Fresse geben.

Wenn die Gruppen also in Räuber und Gendarmen eingeteilt waren (sie selbst war immer unter den Räubern) preschten die Räuber los.

Bei einer dieser Gelegenheiten vergaß sie mich an jener Straßenecke, an der sie mich im Kinderwagen, zum Aufteilen der Gruppen, stehen gelassen hatte.

Das Spiel hatte sich an diesem Tag in eine andere Straße verlagert, in ein anderes Viertel.
Aus Erzählungen weiß ich, dass sie erst gut zwei Stunden später wieder an mich dachte.
Voller Panik und mit klopfendem Herzen rannte sie zurück in die Straße, in der das Spiel losgegangen war.
Aber ich war verschwunden.

Sie begann herzzerreißend zu weinen, rannte hin und her, und wurde von einem Ladenbesitzer erkannt, der später meiner Mutter seine Beobachtungen schilderte.
Deda hatte einen schweren Fehler begangen.
Ich will mir gar nicht vorstellen, wie groß die Angst vor Mutter und Vater war, als sie ihre schreckliche Entdeckung gemacht hatte.

Sie suchte in allen Straßen nach mir, im ganzen Gerberviertel, rannte rüber bis zur Feuerwache, dem „Spritzen-Magazin", rannte in ihrer Verzweiflung hoch an den Volkspark, zurück zur Albstraße, und weit hinüber in den Stadtgarten.

Sie erschöpfte sich völlig bei der Suche nach mir.

Stunden später erst kam sie nach Hause gelaufen, um verzweifelt und heulend zu beichten.
Brauchsch gar nix saga, schimpfte Mutter, do isch dei Bruader.

Ich lag schlafend in meinem Bettchen, frisch gefüttert und gewickelt.
Jemand, der unsere Familie kannte, hatte mich schreiend im Kinderwagen entdeckt, mutterseelenallein, und mich besorgt nach Hause geschoben.

Weshalb vertraute man einem zwölfjährigen Mädchen seinen einjährigen Bruder beim Spielen auf der Straße an?
Dies muss eine traumatische Erfahrung für *sie* gewesen sein.
Es ist ihr nie wieder passiert.
Da sie mich noch oft zum Spielen auf die Straße mitnehmen musste, konnte sie meistens bei Räuber und Gendarm nicht mehr mitmachen.
Sie musste zuschauen.
Unter den spielenden Kindern waren auch immer wieder ihre Cousins dabei.

Irgendwann kam sie auf die Idee, jeweils einen ihrer Cousins mit der Aufgabe zu betreuen, auf mich aufzupassen.

Er musste dann die gesamte Spieldauer neben dem Kinderwagen ausharren und warten, bis alle zurück kamen.

In der nächsten Runde war ein anderer Cousin an der Reihe.

Unter Androhung von Schlägen blieb ihnen auch gar nichts anderes übrig.

Dass einer von ihnen seine Aufgabe nicht zu ihrer Zufriedenheit erfüllte oder sich vielleicht verkrümelte, sollte als Restrisiko bestehen bleiben.

Aber es kam nie vor.

Long As I Can See The Light

Solange ich an sie denke, sehe ich das Licht.
IHR Licht.

Als sie starb, wollte ich den Text für die To-
desanzeige verfassen.
Er war äußerst kitschig.
Ich kann ihn heute kaum noch lesen.
Ich war jung. Im Schreiben ein Anfänger.

Viele Leute meldeten sich bei meinen Eltern, fragten nach, wer diesen wunderschö-
nen Text verfasst hatte.

Des isch jo fascht a Gedicht.

Ich denke immer an unsere letzte Begeg-
nung.
Zwei Jahre hatten wir uns kaum gesprochen
und noch weniger gesehen.
Ich erlebte so etwas wie meine Sturm- und
Drangzeit.
Ich fuhr nach Wangen.
Wo sie mit Ehemann Nummer Zwei lebte.

Sie war seinetwegen dorthin gezogen, nachdem sie sich nur wenige Male gegenseitig besucht hatten.

Natürlich hatte er sich bei diesen wenigen Besuchen von seiner Schokoladenseite gezeigt, die er durchaus haben konnte. (Wer kann es ihm verdenken.)

Unsere letzte Begegnung.

Sie war traurig, ließ es mich aber nicht merken.

Sie konnte das.

Konnte unablässig Witze erzählen. Sprüche klopfen, dass einem Hören und Sehen verging vor Lachen. Woher die alle kamen?

Sie konnte sprühen vor Humor.

Alle Welt hielt sie für einen Sonnenschein.

Dabei konnte sie die finsterste Ödnis in sich haben.

Mir war sie ein Licht.

Immer!

Wie war das möglich?

Sie konnte sich eben rein gar nichts anmerken lassen.

Wenn man sich die Fotos mit ihr anschaut, erkennt man jedoch die Traurigkeit in ihren Augen.

Eines der Fotos steht auf meiner Badezimmer-Ablage.

Jemand hatte mir vor Jahren geraten, das Foto eines geliebten Menschen dorthin zu stellen, dort, wo ich es jeden Tag sehen kann.

Das Foto eines Menschen, der es gut mit ihnen gemeint hat, hatte er gesagt.

Das hatte sie.
Wie niemand sonst.

Down On The Corner

Unten an der Ecke war ein Tante-Emma-Laden.
Dort gab es die besten Eisbonbons, die man sich denken kann.
Ich war verrückt nach ihnen.

Mehr noch als nach Nuss-Schokolade oder Erdbeer-Eis.
Mehr noch als nach sauren Apfel-Drops und Karamell-Bonbons.
Mehr noch als nach Vanille-Eis mit Sahne-häubchen oben drauf.
Mehr noch als nach Gelee-Bananen und Gummibärchen.
Mehr noch als nach „Milky Way".
Mehr noch als nach – genug jetzt.
Ich liebte sie einfach.

Jedenfalls brachte sie mir die Dinger oft mit, wenn sie ihre Mittagspausen bei uns da-heim verbrachte, obwohl sie nicht mehr zu-hause wohnte.
Ihre Besuche wurden jedoch seltener.

Sie arbeitete zu meinem Bedauern auch nicht mehr in dem Musikgeschäft, sondern war nach dem Abschluss ihrer Ausbildung in ein Klamottengeschäft gegenüber des Musikgeschäftes gewechselt.

In dem Musikladen hatte man sie nicht übernehmen können.

Mittlerweile arbeitete Mutter jeden Nachmittag bis spät abends.

Ich bekam einen Wohnungsschlüssel umgehängt und wurde ins Leben entlassen.

Als Schlüsselkind.

Glücklicherweise gab es *diese* Schwester.

Chameleon

Sie und ihre Kollegin Babsi regierten diesen Klamottenladen mit viel Witz und Humor.
Beide saßen hinter der Theke auf einem Regal-Vorsatz und tauschten Geschichten aus.
Babsi war von der Alb.
Genauso wie der Großteil der Kundschaft.

Die Kundschaft, meist Frauen zwischen sechzig und achtzig, kamen extra von der Schwäbischen Alb nach „Reitlinga en d'Wilhelmschdroß", um genau in diesem Geschäft einzukaufen.
Eigentlich passte dieser Laden überhaupt nicht zu ihr.
Und die Kundschaft „glei zwoimol ed", wie sie selbst gleich zu Beginn feststellte.
Aber sie blieb trotzdem jahrelang dort.
Bis zu ihrem Wegzug nach Wangen. (Doch das kommt später.)

Sie konnte jede Kundin nachahmen.
Wenn eine den Laden verlassen hatte, kam meine Schwester hinter der Ladentheke vor und spielte die Person nach.

Sprach wie sie, ging wie sie, gebückt, hinkte, schlich herum, stakste, oder watschelte im Pinguin-Schritt, machte 'nen Buckel, legte den Mund schief, guckte dämlich, hatte sich, weiß der Himmel wie, Gestik und Mimik der dargestellten Person in Kürze derart einverleibt, dass Babsi und ich uns völlig entgeistert anstarrten und lachten.

Aber noch besser waren ihre Darstellungen der alten Männer, die zum Einkaufen kamen, um eine neue Krawatte, ein neues Hemd, einen Anzug oder „a nuie onderhoos" zu kaufen.
Wir hielten uns die Bäuche vor Lachen.

Du hettsch zom Zirkus ganga solla!

Wenn ich von der Schule kam, ging ich zuerst zu ihr ins Geschäft.
Gohsch zur Deda en Lada, no bisch ed so lang alloi.

Dass auch dieser Chef meine täglichen Besuche duldete, erscheint mir heute absolut unmöglich.
Es war mein Glück.
Genau wie diese Schwester.

Einmal kam ein alter Mann in den Laden, ließ sich das Sortiment an Unterhosen zeigen und nahm eine Handvoll mit in die Kabine.

Plötzlich erschien er, nur mit Unterhose bekleidet, und brüllte durch den ganzen Laden: Dui isch z'glai!

Das viel zu knappe Ding presste seinen riesigen Hodensack zusammen.

Die übrige Kundschaft erschrak bei dem Anblick des fast nackten alten faltigen Mannes und ich lag unter der Ladentheke mit Lachkrämpfen und zugleich hochrotem Kopf vor Scham.

Den nemmsch besser du, sagte meine Schwester zu Babsi, des isch dei Gligge.

Beide lachten lauthals in sich hinein.

Bloß weil i au von dr Alb komm, isch des no lang ed mei Gligge, dass des woisch!, protestierte Babsi.

Du, Deda.

Ha?

Was isch a Gligge?

Oh Jonger, des ischs gleiche wia an Verrei oder a Gsellschaft.

Ich starrte sie an.

Woisch jetzt bscheid?
Ich nickte.
No isch räacht.

Mein Magen knurrte.

Komm Jonger, mr ganged äbbes essa.
Was bedeutete, dass wir nach nebenan in
die Pommes Bude gingen.
Der Pommesbuden-Besitzer und meine
Schwester kannten sich gut.
Sie führte mich sozusagen in die Welt der
Imbiss-Buden ein.
Der Typ hatte ungefähr das Alter meines
Vaters, aber einen bedeutend jüngeren Hu-
mor.
Der konnte Sprüche klopfen ohne das Ge-
sicht zu verziehen.

Ich erinnere mich an einen Besuch, an ei-
nem überaus heißen Sommertag.
Die Sonne schien ein wenig in die Imbiss-
Bude hinein.
Er stand im Sonnenlicht, sein linker Arm
ruhte ausgestreckt auf der Theke.
Seine Hand, unbeweglich.
Er starrte betont an uns vorbei, als wir her-
einkamen.
Sein Blick, gespielt sinnierend in die Ferne
gerichtet.

Ein kleines Ein-Mann-Stück, nur für uns.
Ich wartete gespannt ab, was folgte.
D-E-D-A, sagte er und mimte ein sprechendes Faultier:
Leg mr au mei Hand en Schatta ...

Von da an unser Running Gag.

Immer, wenn einer vor lauter Langeweile oder Müdigkeit kaum noch stehen oder denken konnte, bat er den anderen, man möge ihm doch die Hand in den Schatten legen.

Ich bestellte jedes Mal noch eine oder zwei Ladungen Ketchup zusätzlich für meine Pommes.
Ha der frisst jo Ketchup mit Pommes, ond ed anderschrom, wia andre Leit!
(Woran sich bis heute nichts geändert hat.)
Jahre später wurde die Imbiss Bude geschlossen.
Ich sah den Kerl nie wieder.

Nach Curry Wurst und Pommes hockte ich eine oder zwei Stunden in ihrem Aufenthaltsraum und brütete über meinen Hausaufgaben.
Danach saß ich meistens hinter der Ladentheke, lauschte ihren Sprüchen und guckte den Älblern beim Einkaufen zu.

So Jonger, jetzt gohsch amol so langsam hoim, sagte sie, meistens so gegen halb sechs.

Jetzt kommt no dr Babba, du woisch, er mogs ed, wenn de ed drhoim bisch, wenn er kommt.

Jo, isch guad.

Wir wussten beide ganz genau, was damit gemeint war.

It's Just A Thought

Samstagabend.
Sie holte mich gegen sechs Uhr ab.
Wir fuhren nach Metzingen, wo sie mit ihrem ersten Mann wohnte.
Er war nicht zuhause.

Wo isch er?
Ed do!

Ich hatte mir angewöhnt, ihren Mann nicht mehr beim Namen zu nennen.
Ich hasste ihn.
Einen Namen hatte er in meinen Augen nicht mehr verdient.
Er hatte Strolchi, in einem Wutanfall auf meine Schwester, auf die heiße Ofenplatte gestellt.
Stundenlang leckte sich Strolchi leise winselnd seine Pfoten.

Seit diesem Winternachmittag gab es eine offene Rechnung zwischen ihm und mir.
Aber ich war noch zu klein, die Begleichung musste warten.

Doch ich trainierte schon mal, ließ mir regelmäßig von unserem Vater mit Boxhandschuhen auf die Nase hauen und versuchte dabei, seinen dicken vorstehenden Bauch zu treffen.
Was mir aber nicht gelang.
(Seine effizienten Trainingsmethoden habe ich eingehend an anderer Stelle beschrieben.)

Heit guck mr mein Lieblingsfilm zamma a.
I be gschbannt.
Isch äbbes bsonders, dass der heit em Fernseha kommt.

Sie holte Chips, Cola und Gummibärchen, baute das Sofa zu einer gemütlichen Schlafstätte um, arrangierte Kissen, Decken und Schlafsäcke und dimmte das Licht.
Glei gohts los!

Wir schauten uns *Love Story* zusammen an.
Sie heulte was das Zeug hielt.
Neben ihr stapelten sich Papiertaschentücher auf dem Boden.
Bei dem Film muaß i ällaweil heila.
Das war kein Problem, selbst ich unterdrückte ein Weinen.
Ich konnte natürlich nicht vor ihr losheulen, das war klar.

Isch der ed schee?

Ich nickte zustimmend.

Sie fuhr mir durch die Locken und sagte:

Siesch Jonger, so schdell i mir d'Liebe vor, genau so.

Dann schnäuzte sie ihr elftes oder zwölftes Taschentuch voll.

Es geit jo Leit, die saget, d'Liebe isch gar net echt. Sie sei bloß an Gedanke, a Eibildung.

Dia schbennet, dia henn an Vogel, woisch.

D'Liebe isch's oizige wofier mr läba sott.

Wofier sich's sogar zom läba lohnt.

Ich guckte sie verwundert an.

Aber bloß a Weile, fügte sie hinzu.

Überhaupt glaube ich, dass mich ihre Worte über die Liebe, ihre Liebe zu diesem Film, und die Liebe, die sie zu den Menschen hatte, inspirierten.

Zumindest ein bisschen.

Selbst die Darstellungen ihrer Kundschaft geschahen nicht aus Bösartigkeit.

Sie liebte die Menschen.

Auch ihre Schrullen und Eigenheiten, das, was sie ausmachte.

(Was man von mir nicht gerade sagen kann.)

Molina

Hier, neben meinem Schreibtisch, liegen Hunderte Fotos von ihr auf dem Boden verstreut.
Ich habe die Fotokartons meiner Mutter geplündert.
Jetzt liegt es hier, ihr ganzes kurzes Leben, vor mich hingestreut.
Eine für mich schmerzvolle Collage.

Sie, als Baby.
Vater hält sie hoch, Mutter strahlt sie an.

Sie, als Kleinkind, lachend, mit Vater und Mutter, beide noch so jung, dass mir schwindelt wegen ihrer Jugend, ihres Aussehens, ihres Elternglücks, ihres Stolzes.

Sie, in Strampelhosen und Kleidchen, wie sie die Gerberstraße entlang wackelt, umzufallen droht.

Sie, auf dem Arm ihrer glücklichen Mutter, vor einem geschmückten Christbäumchen, neben einem alten, gusseisernen Ofen. Altbau. Zwei Zimmer mit Gemeinschaftsklo auf dem Hausflur. (Schwarz-Weiß.)

Sie, auf dem Wickeltisch.
Vater zieht ihr gerade Söckchen an. Er lacht sie an, sie schaut erwartungsvoll in die Kamera. (Vaters Bizeps – eindrucksvoll.)

Sie, als Kindergarten-Kind, geschmückt, mit Schleifchen im Haar, beim Spiel, beim Ringelreihen, beim Schaukeln, beim Fangen, kaum lachend. (In Farbe.)

Sie, im Bahnhofspark, wie sie versucht, auf das Bronze-Reh zu klettern, so wie ich, Jahre später.

Sie, mit Schultüte, an ihrem ersten Schultag, ohne Lächeln. (Schwarz-Weiß.)

Sie, mit mir auf dem Arm. Ich bin noch keine vier Monate alt. Sie hält mich an ihre Wange, zärtlich, liebevoll. Hält mit der linken Hand meinen Nacken gestützt. Sehr schützend. (In Farbe.) Mein Kopf ist hochrot, vermutlich habe ich gerade noch geschrien.

Sie, ungefähr im gleichen Alter, mit Cousin Heinz (8 Jahre) und Cousine Sabine (6 Jahre).

Alle drei in Faschingskostümen. Der Blick meiner Schwester ganz und gar unglücklich, bedrückt.

Ich durchwühle die Fotos, schiebe sie durcheinander ...

Sie, mit vielleicht Vierzehn. Mit Jeansjacke. Langen Haaren. Hochgezogenen Schultern. Cowboy-Stand. Breitbeinig. Sie will sagen: Jetzt bin ich cool.

Solche Fotos gibt es auch von mir. (Vermutlich von jedem.)

Dann:

Sie als Beatnik!

Das sind mit Abstand die coolsten Fotos von ihr.

Jetzt ist sie in ihrer heißesten Phase. Und ihre Eltern wohl auch.

Sie trägt Mini-Rock. Oder Kostüme, ebenfalls Mini. Ihre Figur ist nicht besonders fraulich. Sie ist klein, kräftig. Sie trägt schwarze Stiefel mit Schaft bis zu den Knien. Sie sieht darin völlig anders aus, als die dürren Models jener Zeit, aus einem Buch über die 1960er Jahre.

Wie hieß dieses Model doch gleich, dass die Mode dieses Jahrzehnts prägte?

Twiggy?

Ein Strich in der Landschaft. Oder sollte man eher sagen – gertenschlank.

Bubikopf, große Augen, wenig Busen.

Das trifft alles auf meine Schwester nicht so recht zu. Und doch sieht sie extrem lässig aus in diesen Outfits.

Ich liebe diese Fotos von ihr.

Das Jahrzehnt danach, die rebellischen 70er, waren schon nicht mehr ihre rebellischen Jahre.

Sie trifft sehr früh im neuen Jahrzehnt ihren ersten Mann und verlobt sich schnell.

Für meine Eltern viel zu schnell.

War das vielleicht *ihre* Rebellion?

Fortunate Son

Ich betrachte ein Foto aus dem Jahr 1972.

Auf dem wir beide, sie und ich (und Strolchi) auf einer Liege-Decke am Baggersee he-
rumtollen. (Schwarz-Weiß.)
Strolchi und ich beanspruchten fast immer
die gesamte Decke für uns alleine.

Du Jonger, ihr brauched jo dr ganze Deppich
für eich alloi. Lass mr au no a Blätzle frei.

Im Hintergrund parkte der Opel Rekord auf
der plattgefahrenen Wiese.
Auch hierhin musste sie mich mitnehmen,
den kleinen Bruder.
Ich sehe glücklich aus.
Sie auch!
Nahm sie mich etwa freiwillig mit? Oder so-
gar gerne?
Was sagte E. dazu, ihr späterer Mann?
Ich kann sie nicht mehr fragen.

Ich könnte Mutter fragen, doch ihre Erinnerungen sind nicht mehr so gut, sie bringt vieles durcheinander. Es wäre zu vage.
Ich könnte nichts von Bestimmtheit in Erfahrung bringen.
Sie muss mich geliebt haben - Deda.
Ich sehe es in ihren Augen, wie sie mich anschaut, mit mir lacht.
Ich habe sowohl die Fotos als auch den Ausflug an den Baggersee, vergessen.
Obwohl ich schon sieben Jahre alt war.

Sie *hat* mich geliebt.
Ich will es so.
Aber selbst ohne diesen Wunsch, dieses Wollen, lässt sich auf diesem Foto unschwer ihre Liebe für mich erkennen.
Es rührt mich zutiefst.

Wieder stöbere ich in den Fotos, bringe neue ans Tageslicht, die bisher in der Menge verborgen geblieben sind.

Sie, in langen braunen Schlaghosen. Mit Bluse und Weste darüber. Hohe Absätze, übergroße Sonnenbrille.
(Elton John hat in diesem Jahrzehnt daraus sein Markenzeichen gemacht.)

Sie, mit eigenen Autos, alles Opel Kadetts.

Sie, mit Baby auf dem Arm. (Welches nur?)

Sie, vor dem Klamotten-Geschäft, ebenfalls mit Baby auf dem Arm. (Ein anderes.)
Zärtlicher Blick auf das Kind.

Sie ist etwas rundlicher geworden, hat den unbeschwerten Ausdruck der Anfangszeit ihrer Beziehung mit E. verloren. Sie wirkt bedrückt auf späteren Fotos.
Hat E. ihr hier schon Gewalt angetan?

Ich bin nun nicht mehr auf Fotos mit ihr zu sehen.
Auch die Schwarz-Weiß-Fotografie scheint erst einmal ausgedient zu haben.
Die Farbfotos der 70er Jahre sind schmutzig gelblich eingefärbt und verblichen.

Sie, an Kneipentischen.
Cognacflaschen vor sich, neben sich, bei sich.

Und E., mit glasigen Augen.
Er hat sie zum Alkohol gebracht.
Sie arbeitet immer noch in der Diskothek, trinkt mehr.
E. wird zum Alkoholiker, schlägt sie, legt ihr Auto lahm.
Eifersuchts-Attacken.

Sie kommt mit blauem Auge zur Arbeit. Erzählt, sie sei gefallen.
Ich weiß, dass es nicht so ist, dass es ganz anders ist.

Der Sauhond verschlait se.
Mutter wird rasend vor Wut.
Was soll mr bloß do?
Mutter keift Vater an: Was frogschd so bleed, Mo, hau em oine uff d'gosch nuff.
Woisch au was no bassiert, der zeigt me o, der Sauhond!

Vater kocht vor Wut. Monatelang.
Er muss Höllenqualen durchlitten haben.
Als Vater von Töchtern braucht man nicht allzu viel Empathie, um sich den Hass in diesem Vater vorzustellen.
Vaters Hass war plutonischer Art.
(Wie der meine.)

E. zog sie an den Haaren aus der Disko, hinter der Theke vor, schlug sie draußen, auf dem Parkplatz.
Wochenlang.
Bis das Telefon klingelte.
Vater wurde zur Disko gerufen.
Nur ein paar Schritte die Straße runter.

Dui Disko muss fort aus dr Schdroß! Bloß
Gsendl, lauder Gschmoiß!, schimpft Mutter.

Vater kam dazu, als E. sie verdrosch.
Auf dem Diskotheken-Parkplatz.
Er ging dazwischen, verpasste E. eine Rech-
te, brach ihm die Nase dabei.
E. ging sofort zu Boden. Blutiger Rotz lief
ihm aufs Hemd.

Wenn de ed aufhersch, mei Dochder zom
verschla, breng e de om!

E. zeigte Vater an, hatte aber keine Zeugen.
Nicht einmal Deda sagte für ihn aus.

An Dreck werd i do, gega mein oigana Vadder auszomsaga!

E. zog seine Anzeige zurück.
Irgendwer hatte ihn eingeschüchtert.
Vater hatte noch ein paar Kumpels aus sei-
ner Zeit als Boxer.

Rude Awakening

Zeit, etwas nachzureichen.

Ihren Auszug von zu Hause.
Es war die Nacht auf ihren 18. Geburtstag.
Fünf nach Zwölf kam sie die Treppen herunter.
Das war alles andere als der Auszug der Israeliten aus Ägypten.

Sie hatte fast geflüstert.

Heit nacht ischs soweit, Didi, i gang. Aber du
därfsch's koim verzehla.

Sie legt den Zeigefinger senkrecht auf die
geschlossenen Lippen.
Ihre Fingernägel, blutrot lackiert. Ringe an
den Fingern. Silber. Gold.

Ich lag wach, schlief ein, erwachte wieder.
Stockdunkel überall.
Nur Vaters Schnarchen aus dem Schlaf-
zimmer.

Man kann sich vorstellen, bei einer 180qm großen Altbauwohnung ein Schnarchen, dass sich hören lassen kann.
Ich konnte sogar hören, wenn er im Schlaf furzte.
Ob das nun an Vaters lauten Fürzen oder an meinen ausgeprägten Luchs-Ohren lag, oder aber an meinem leichten Schlaf damals, lässt sich heute nicht mehr sagen.

Ich hörte also sein Schnarchen.
Und ihre Schritte draußen im Treppenhaus.
Sie kam langsam, ganz langsam die Treppen herunter.
Das Haus machte keinen Mucks. Nur ihre Schritte.
Zwei Koffer hatte sie dabei, das war alles.
Beim Abendessen hatte Deda es mir erzählt.
Sie stünden schon eine Weile gepackt bei ihr oben, unter dem Bett versteckt.
Mit zwei Koffern in ein neues Leben.
Nach Mittelstadt – zu E.

Woisch, er wartet scho lang auf mi. Mir henn des scho lang beschbrocha. Mir liabed ons.

Sie schloss so leise wie möglich die gläserne Wohnungstüre auf, schlich in die Küche, kam sofort wieder zurück und schloss die Türe hinter sich.

Dann wieder ihre Schritte auf der Treppe nach unten.

Ich hatte nicht gewagt aufzustehen und mich zu verabschieden.

Wenn Vater oder Mutter aufgewacht wären, nicht auszudenken.

Ich wollte nicht dafür verantwortlich sein.

Und auch das Theater nicht mit ansehen, wenn sie von selbst aufgewacht wären und Dedas Flucht mitbekommen hätten.

Ich wollte kein Augenzeuge sein.

Mir reichte das Hören schon voll und ganz.

Was ich bis dahin gesehen und miterlebt und am eigenen Leib erfahren hatte, genügte mir für den Rest meines Lebens.

Und Deda wohl auch.

Nur: Sie wusste noch nicht, dass sie vom Regen in die Traufe kam.

Am Morgen entdeckte zuerst Vater den Brief auf dem Küchentisch.

Er rief Mutter zu sich.

Beide lasen und setzten sich.

Mutter weinte, als ich in die Küche kam.

Des Mensch, schimpfte Mutter, dui ko äbbes verläba.

Gar nix, sagte Vater, gar nix kosch do, se isch achtzehn ab heit.

Eddamol graduliera hot se sich lau.

Vater schwieg und fuhr zur Arbeit.

Heute frage ich mich, was sie auf die Minute ihres achtzehnten Geburtstages von zuhause fortgetrieben hat.

Vaters Strenge?

Oder Mutters ewige Schimpfereien und Nörgeleien in Bezug auf ihre, Dedas, Schlampigkeit?

Ihr Zimmer war einfach nie aufgeräumt.

Schlampigkeit konnte ich jedoch nicht entdecken.

Sie hatte eben ihren eigenen Lebensstil.

(Mütter und Töchter eben ...)

Ein paar Tage später rief sie an.

Es wurde geredet, geweint, Mutter nickte verhalten zustimmend.

Deda kündigte ihre Verlobung mit E. an.

Die Heirat folgte ein Jahr später.

Eine Heirat, der sie eigentlich schon nicht mehr hätte zustimmen sollen.

I Put A Spell On You

Ich hasste damals Gott dafür, dass er sie mir
so früh genommen hat.
Das steht noch immer zwischen uns.
Noch heute.
Ich wünschte, es wäre anders.

Die Guten sterben jung, hieß es doch immer.
Ganz zu Anfang war das tatsächlich ein
Trost.

Warum musste sie so früh sterben?
Weil sie als kleines Kind die lange Stiege hi-
nunter gefallen ist, bewusstlos unten am
Boden liegen blieb, mit einem Blutgerinnsel
im Kopf?
Wer hatte nicht aufgepasst? Ihre Mutter?
Irgendeine Tante?

Ein Augenblick der Unachtsamkeit.
Wie viele gibt es davon in einem Menschen-
leben?
Unzählige? Zählbare?
Kaum einer führt zu einer solchen Katastro-
phe.

Wir haben viel ungesehenen Schutz. Das Behüten Gottes?
Schutzengel?

Gott hätte aufpassen, den Sturz verhindern können.
Er hat es nicht. Hat ihn zugelassen.
Wollte er ihn?
Gott will das Schlechte in der Welt nicht.
Ist das so?

Du därfsch em ed läschdara.

Sie musste damals nach dem Treppensturz mit einem Hubschrauber nach Stuttgart geflogen werden.
Not-OP.
Kampf um ein Kinderleben. Um ihres.
Stundenlanges Warten.
Bangen. Hoffen.
Beten.
Dann Intensivstation.

Gib, dass se am Läba bleibt. Breng se zruck.
Bidde! Nemm se no ed zuar dr.
Lass se no bei ons. Bidde!

Zwei Wochen später ist ihr Krankenhausbett meistens leer vorzufinden.

Sie streicht in der Station umher, sitzt in den Schwesternzimmern, erzählt Geschichten, brabbelt, lacht, wird zum Engelchen der Station.
Jeder liebt sie.
Ein Muster, das bleiben wird.

Des Kend hot a Fantasie! Dui sott schbäter amol Gschichda schreiba.

(Doch es ist nicht sie, die Geschichten schreiben wird, sondern ihr Bruder.)

Ihre Eltern sind glücklich.
Erleichtert.
Erlöst – vorerst.
Dann ruft ein Arzt sie zu sich.
Ängstlich sitzen sie vor ihm. In banger Erwartung.
Mutter kämpft die Tränen weg, die kommen wollen.

Man habe sie retten können, ja, aber alt werde sie nicht. Ein Blutgerinnsel werde sich irgendwann wieder bilden.
So etwas in der Art muss der Arzt, laut Erzählungen, wohl gesagt haben.
Man solle sich besser darauf einstellen, dass Angelika nicht alt werden wird.

Des entscheidet an anderer, sagt Mutter auf dem Heimweg, im Zug von Stuttgart nach Reutlingen.

Das hat er ...

It Came Out Of The Sky

Tuberkulose!

Des hot er sich bei oira vo seine Weiber gholt, der Sauhond!

E. hatte es angeschleppt.
Er hat uns alle damit angesteckt, die ganze Familie.
Mich hat es am Schlimmsten erwischt. Ich durfte nicht mehr in die Schule, wobei das nicht das Problem war, wie man sich vielleicht denken kann.
Aber ich durfte auch nicht mehr nach draußen.
Meine Kumpels kamen unters Fenster, um mich zu besuchen, mit mir zu sprechen, um sich Instruktionen zu holen für die Bande, die ich anführte.

Dui Bagage! Lauder Schdreiner.

Da hatte Mutter recht, wir streunten tatsächlich Tag für Tag durch die Gassen, durch die Gegend. Durch unser Revier.

Das hatte Deda schon mit *ihrer* Horde so gemacht.
Mit ihrer Bande – damals.

Tuberkulose.
E. war so stark erkrankt, dass er fort musste. Er war monatelang weg.
Einmal besuchten wir ihn in einer Art Sanatorium im Schwarzwald.
Er sah schlecht aus, abgemagert, wirkte apathisch, trank heimlich Alkohol. Rauchte, obwohl er es strengstens untersagt bekam.
Deda intervenierte nicht.
Kunststück, sie qualmte ja selbst wie ein Schlot.

Deda hatte stellvertretend für ihren Mann ein schlechtes Gewissen, hockte manchmal mit Tränen in den Augen auf meinem Bettrand, brachte mir irgendwelches Zeug mit, kleine Geschenke, Süßigkeiten, *Elvis* Singles für meinen Plattenspieler.
Und Asterix Comics!

Unsere Asterix Zeit begann!
Sie kam, legte sich zu mir ins Bett, oder setzte sich zu mir aufs Sofa, und wir schmökerten.
Wir kamen nicht weit, denn entweder entdeckte sie eine Ungeheuerlichkeit an Witz

und brach in Lachen aus oder ich kicherte die ganze Zeit während des Lesens.

No zeig halt her wa de gfonda hosch!

Dann lasen wir gemeinsam die Szenen und warfen uns zusammen weg vor Lachen.

(Nach ihrem Tod waren alle ihre Asterix-Hefte in meinem Besitz, sozusagen als Erbe. Doch dann wollte ihr zweiter Mann sie wieder zurückhaben.)

Nach Monaten kam E. aus dem Sanatorium zurück, begann, Taxi zu fahren.
Seine Eifersuchts-Attacken wurden zunehmend schlimmer. Er machte ihr das Leben zur Hölle. Sie muss sehr unter ihm gelitten haben.
Er trieb sich herum, betrank sich, hatte Frauengeschichten, schlug sie, tat ihr auch sonst Gewalt an.

In einer saukalten Januarnacht zerrte er sie an den Haaren aus der Wohnung hinaus, riss ihr dabei ein Büschel Haare aus.
Splitternackt irrte sie im Schnee umher, halb betrunken, verprügelt, weinend und schockiert.
Ein Taxifahrer gabelte sie auf.

Gegen Ein Uhr nachts klingelte es bei uns.
Der Taxifahrer war ausgestiegen, um bei
uns zu läuten, sagte, jemand solle mit einem
Mantel nach unten kommen.
Vater legte einen Bademantel um Deda, holte sie aus dem Auto und führte sie ins Haus,
verarztete ihre Wunden, holte den Cognac
aus dem Schrank.

Jetzt isch gnuag, jetzt schlag i den Sauhond
he!
Sie heulte los: Noi, bidde, des därfsch ed,
bidde, lass en, er ko nix drfier.
Ja bisch du bleed, guck de amol a wia de
aussiehsch.
Des isch egal, bidde dur em nix, du därfsch
en ed schlaga.

Sie bekam einen Weinkrampf.
Vater verstummte.
Mutter raste, rief immer wieder, dass man
ihn totschlagen sollte, diesen Sauhund.
Z'daudschla sott mr den Sauhond! Uff dr
Schdell!

Ich stand in der Küchentüre, spürte bei ih-
rem Anblick Tränen in den Augen.
Aber ich spürte noch etwas anderes: Hass.
Abgrundtiefen Hass.

Ich schwor mir, diesem Kerl die Zähne einzuschlagen, sobald ich groß genug dafür wäre.

Vater unternahm nichts, wofür ich ihn verachtete.
Ich war zu klein, die Zusammenhänge zu erkennen, die Bedürfnisse, die Ängste und Beweggründe der Erwachsenen.

Hideaway

Irgendein Sommer kam.
1974 oder '75.
Urlaub in Bayern. Am Chiemsee.
Meinen Hamster „Mucki" gab ich Deda zur Pflege, mit der allerstrengsten Auflage, dem Tier keinen Käse zu geben.
Hamster krepieren davon.

Ich rannte in Bayern in jede Kirche, wirklich jede, die meinen Weg kreuzte, zündete überall ein Kerzenlicht für Mucki an, dachte, das könne nie schaden, auch als Evangelischer, betete in den harten hölzernen Kirchenbänken für meinen kleinen Hamster.
Jeden Abend rief ich Deda an und erkundigte mich nach Mucki.

S'isch älles guad.

Am Tag unserer Rückkehr rief ich sie abends wieder an und fragte, ob sie mir morgen Mucki bringen könne.

S'isch äbbes bassiert, Didi.

Sie schniefte.
Ich musste schlucken. Ahnte Schreckliches.

Dei Hamschdr isch dod.
Noi, bidde ed.
S'duad mr so loid, Didi, er isch gschdorba.
Warom?
Er hot em Käs gäba.
Aber i hann doch gsaid ...
I woiß, Didi, i glaub, er hots vergässa.
Der Drecksack. Du liagsch!
Noi, Didi, er hots wirklich vergässa.
Der Drecksack!
Er ko nix drfier, er hots vergässa.
So äbbes vergisst mr doch ed.
S'duad mr so loid. I kauf dr an neia.
I will koin neia, i will mein Mucki.

So musste es wohl noch eine Weile hin und
her gegangen sein, bis Mutter mir den Hörer
aus der Hand nahm und mit Deda sprach.
Ich verzog mich in mein Zimmer und heulte.

Er hatte ihn umgebracht – mit purer Ab-
sicht, soviel war klar.
Das hatte ich in ihrer Stimme gehört, auch
wenn sie versucht hatte, ihn in Schutz zu
nehmen, ihn reinzuwaschen.
Und wie sie E. in Schutz genommen hatte!
Ekelhaft.

Ich hasste sie dafür.

Und ihn.

Von nun an schmiedete ich verschiedene Pläne, wie ich ihn umbringen würde.

Sein ebenfalls früher Tod kam mir zuvor.

Doch so weit sind wir noch nicht ...

Und was Gott betraf: Die Sache mit Mucki hatte mein Verhältnis zu ihm auch nicht gerade entscheidend verbessert.

Vielleicht liegt in solchen Ereignissen das Misstrauen mancher Menschen gegenüber der Kraft des Gebets begründet.

Natürlich geht dem ein Irrtum voraus, ein falsches Gottesbild, aber welcher elfjährige Junge weiß das schon.

Born To Move

Es ging zu Ende mit der Beziehung der beiden.
(Aber ja, alles geht zu Ende ...)
Ich bin nicht sicher, ob sie es beendet hätte, ob sie weggegangen wäre, ihn verlassen hätte.
Sie konnte erdulden.
Schlimmer noch, sie konnte verzeihen. Immer wieder.
Trug nie etwas nach, niemals.
Niemandem.

Sie und E. waren aus Metzingen weggezogen, in eine kleinere, billigere Wohnung in einem Hochhaus.
Nach Sondelfingen, ins Efeu.
In den 11. Stock.

E. fuhr stundenweise Taxi, hätte sich auskurieren sollen, stattdessen tourte er durch die Kneipen und betrank sich jeden Tag.
Sie kellnerte am Wochenende nicht mehr in der Diskothek in der Gerberstraße, sondern in einer Kneipe in Betzingen. Dort hockten

sie auch an anderen Abenden, betranken sich mit Wirt und Wirtin.

Auf Fotos, Trink-Kumpane, eine richtige Säufer-Clique.

Das führte damals dazu, meine Achtung vor ihr ein Stück weit zu verlieren.

Ich verachtete Trinker und Süchtige. (Noch heute, obwohl ich sie verstehe.)

Menschen, die sich in Schwächen verlieren, süchtig und abhängig werden, die nicht genug Stärke aufbringen, um im Leben zu bestehen.

Dem zu trotzen, was das Leben einem abverlangt. Um letztlich gegen Widerstände und Widrigkeiten zu siegen.

Welchen Kummer, welche Sorgen, welchen Frust und welches innere Unglück versuchte sie zu ertränken?

Kannte sie keine andere Verhaltensweise, keine Strategie gegen das beschissene Leben?

Und warum war es denn so beschissen – ihr Leben?

Samstagabend, wieder mal.

Fernsehabend bei ihr.

Alles von ihr liebevoll und bis ins Detail vorbereitet.

Im Fernsehen sollten „Die Vögel" von *Hitchcock* gezeigt werden.
20.15 Uhr.
Prime Time.
Ob sich diejenigen, die sich *das* ausgedacht hatten, im Klaren darüber waren, mit diesem Sendetermin fortan das gesellschaftliche Leben in Deutschland zu bestimmen, zu lenken, vorzugeben und zu formen?

Gegen halb acht hörten wir den Schlüssel im Türschloss.
Deda fuhr zusammen.
Ich ärgerte mich darüber, wollte mit ihr alleine sein.
E. war mittlerweile ein unausstehlicher Kotzbrocken geworden.
Außerdem hatte er meinen Hamster getötet, und das würde ich ihm sowieso nie verzeihen.
Niemals!

Was will der Zwerg scho wieder do?, sagte er und zeigte auf mich.

E. warf mir einen griesgrämigen Blick zu und hantierte lärmend in der Küche herum.
Deda ging nicht auf seine Worte, seinen Angriff gegen mich ein.

Ich schwieg ohnehin vor lauter Angst und versuchte, mich hinter den Sofakissen unsichtbar zu machen.

Scho wieder bloß so an Fraaß.
Soll i dr schnell äbbes kocha?
Noi, du sollsch äbbes anders do!

Sie hielt kurz inne, verstand, was er meinte, sagte zu mir, sie komme gleich wieder, ich solle mir so lange noch etwas im Fernsehen anschauen.
Dann stellte sie die Lautstärke höher und ging mit ihm ins Schlafzimmer.
Trotz der Lautstärke hörte ich Geräusche aus dem Schlafzimmer.
Und ihr Stöhnen.
Ob es ein lust- oder schmerzvolles Stöhnen war, wusste ich nicht.
Damals schämte ich mich jedenfalls in Grund und Boden und versuchte wegzuhören.

Kaum zehn Minuten später kam E. aus dem Schlafzimmer, griff sich seinen Autoschlüssel und verließ ohne ein Wort die Wohnung.
Kurz danach kam sie zurück ins Wohnzimmer.

Der Film hot hoffentlich no ed ogfanga.

Ich schwieg, knabberte ein paar Erdnüsse und wollte zuerst nicht so recht wieder in Stimmung kommen.

Woisch, Didi, manchmol muaß mr oifach d'Auga zuamacha ond hoffa, dass älles schnell vorbei goht. Ond woisch waas …

Ich schaute sie fragend an, wartete auf ihre Antwort.

Älles goht vorbei.

Ich ahnte, was sie meinte, wurde mir auch des übertragenen Sinnes ihrer Worte bewusst und nickte zustimmend.

Up Around The Bend

Abba:
Chiquitita.

Der Song lief in der Dauerschleife.
Sie hatte den Nachttisch freigeräumt und den kleinen orangefarbenen Plattenspieler daraufgestellt, sodass sie jederzeit, wenn der Song zu Ende war, die Nadel erneut an den Anfang der Rille setzen konnte und der Song von neuem losging.

Genau das machte sie den ganzen Nachmittag lang.

Sie lag mit dem Gesicht zur Wand und schnäuzte Unmengen von Taschentüchern voll.
Wenn ich ins Zimmer kam, scheuchte sie mich wieder raus.

Lass mi alloi!
Aber des isch mei Zemmer.
Früher wars meis.
Scho lang nemme.

Lass mi alloi! I will nemme.
Deda, so schlemm wird's scho ed sei ...
Doch, s'isch *no* schlemmer.
Wega deam heilsch du so, der sieht doch gar
ed so guad aus.
S'Aussäha schbielt doch koi Roll in dr Liabe.
Des muasch no lärna. Ond jetzt lass mr mei
Ruah, bidde, i muaß heila.

Sie heulte sich tatsächlich die Augen aus
dem Kopf.
Drei Tage lang.
Mutter musste sie krank melden im Geschäft.

Chiquitita.

Dr Plattaschbieler leiert, glaub i.
Jetzt lass me endlich in Ruah.

Aber sie lag in meinem Bett. In meinem
Zimmer.
Ihretwegen wurde ich ausquartiert, musste
auf dem Sofa schlafen.

Sie hatte sich in den Wirt der Betzinger
Kneipe verliebt. Hatte eine Affäre mit ihm
angefangen.
So etwas tat sie nur, wenn sie unglücklich
war. Wenn sie nicht geliebt wurde.

Und sie musste geliebt werden.
Sie brauchte eine starke Schulter in ihrem Leben.
Einen Mann, der sie wirklich liebte.
Dieser Mann hatte starke Schultern, dass musste man ihm lassen. Er brachte gut und gerne hundert Kilogramm auf die Waage.
Groß wie ein Schrank, Hände wie Klodeckel.
Ein Kopf, so groß wie ein Riesenkürbis.

Woisch, der isch sanft wia a Lamm. Ond so zärtlich. So zärtlich, Didi. So äbbes hann i no nia erläbt. A Mo, der au heila ko.

Sie redete mit mir wie mit einem Erwachsenen.
Vielleicht glaubte sie, Mutter stünde am Bettende.
Ich stellte mir vor, wie dieser riesengroße Bär von einem Mann mit ihr im Bett lag und heulte.
Ich stellte mir vor, wie sie ihn tröstete.
Ihn in den Arm nahm. (In den Arm nehmen wollte, denn einen Hundert Kilo schweren Mann konnte man nicht so einfach in den Arm nehmen.)
Diese kleine Person, neben diesem Hünen.
Seine Frau war ein Drache, vermutlich heulte er deshalb.

Aber irgendetwas stimmte nicht mit ihm. Ein Kerl wie ein Schrank, und dann heulte er, weil er unter seiner Frau litt. Oder unter seinem Leben.

(Wer tat das nicht.)

Ich hielt ihn für einen Waschlappen.

Ein paar Wochen ging das so.

Dann war alles aufgeflogen. Er hatte mit ihr Schluss gemacht.

War bei seiner Frau geblieben, der Kneipe, seinem Leben – seinem eintönigen Leben als Kneipenwirt.

Ein Waschlappen! Ich hatte recht behalten.

Deda litt unerhört.

Auf dem Wohnzimmertisch lag Vaters Zeitung.

Die mit den „schreienden" Headlines und den nackten Titten auf der Vorderseite.

Die Zeitung, die meiner Meinung nach nur von weniger intelligenten Männern (wie meinem Vater) den Unterhaltungssüchtigen oder Gelangweilten gelesen wurde.

Auf der Vorderseite befand sich das verhunzte Foto des entführten Arbeitgeber-Präsidenten *Hanns-Martin Schleyer*.

RAF Terrorismus.

Ich überflog den Text unter der Headline.

Dia Drecksäck!
Mutter kochte vor Wut.
Dänne sott mr d'Zong rausschneida. Noi, verschiaßa sott mr se. Dei Vadder dät se jo am liabschda en d'Gaskammer schdegga.

Ich schwieg und dachte, dass Vater ja auch ein Nazi-Arsch war, der noch nicht einmal im Krieg gewesen ist.
Der damals nicht eingezogen wurde, weil er ein Jahr zu jung dafür war.
Hitler-Jugend – das Höchste der Gefühle für ihn.

Irgendjemand in der Schule hatte erzählt, Schleyer sei während der Nazi-Zeit bei der Waffen-SS gewesen.
Ich fragte mich, ob er an Tötungen beteiligt war, ob er welche befehligt, oder ob er welchen beigewohnt hatte.
Jetzt erlebte er Gewalt am eigenen Leib.
Geschah ihm recht, dachte ich.

Baader/Meinhof:
Das war so ein Begriff damals, unter uns angehenden Jugendlichen.
Ein Synonym.
Es stand für Rebellion. Für Revolution.
Wir bewunderten diese Typen.

Keiner hatte doch den alten Nazis, die alle wieder in ihren Ämtern saßen, ans Bein gepinkelt, die Stirn geboten.

Tausende Alt-Nazis sind nicht zur Rechenschaft gezogen worden.

Wir wussten längst, die Nürnberger Prozesse waren nur Schauprozesse.

Und am Ende war es nicht die „Rote Arme Fraktion", die etwas bewirkte, sondern Fritz Bauer.

Doch das wussten wir zu diesem Zeitpunkt noch nicht.

Zu jenem Zeitpunkt, als Hanns-Martin Schleyer in die Gewalt der RAF geriet, meine Schwester vor Liebeskummer wegen einem sanften, menschlichen Walross in meinem Bett lag und ins Kissen heulte, E. betrunken mit seinem Taxi herumfuhr und seinen Weibergeschichten nachging, hockte ich unten in der Gerberstraße und trauerte noch immer über den toten *Elvis Presley*.

Ich verfolgte in einem kleinen Hand-Radio die aktuellen Ereignisse und wünschte diesen Revoluzzern, diesen Veränderern, allen Erfolg, den man haben konnte.

Die deutsche Gesellschaft gehörte verändert, das sah ich mit meinen elf Jahren ebenfalls schon so. Die Alt-Nazis *mussten* zur Rechenschaft gezogen werden.

Und ich bedauerte, nicht im richtigen Alter zu sein.

Elfjährige wurden von der RAF noch nicht rekrutiert.

Ich war ein Kind des „Deutschen Herbstes".

44 Tage, die mein Leben veränderten, ihre Radikalität – der Geist dieser scheinbaren Zeitenwende.

Eine Begeisterung für die RAF, obwohl ich nie zur Waffe gegriffen habe, keinen Molotow-Cocktail jemals warf, nicht einmal einen Stein.

Bis heute nicht. (Außer ein Mal in die schon halb kaputte Fensterscheibe eines leerstehenden, ruinösen Hauses in der Lederstraße.)

Und doch haben diese 44 Tage mein Denken bis heute geprägt.

Die Ermordung Schleyers stand noch aus.

Die Entführung der „Landshut" ebenfalls.

Das Drama von Mogadischu.

Und – der Tod meines Schwagers.

E. starb hinter dem Steuer seines Taxis.

Er erlitt einen Herzinfarkt, sank über das Lenkrad und rammte sieben parkende Autos.

Erst eine Gartenmauer vor einer Ärzte-Praxis brachte den Wagen zum Stehen.

Am Tag seiner Beerdigung vergoss ich nicht eine Träne.

Ich wusste nicht, weshalb ich das hätte tun sollen.

Ich war elf Jahre alt und sagte mir, dass es nun einen Scheißkerl weniger auf der Welt gab.

Wie sehr meine Schwester trauerte, wusste ich nicht.

Sie wirkte gefasst, weinte wenig, trug ihn gefasst zu Grabe.

Und mit ihm hoffentlich auch alles andere.

Born On The Bayou

Neptun.

Sie ließ sich treiben.
Irgendwo in ihrer Gefühlswelt.
Dort hindurch.
Von ihr. Mit ihr.

Woher die Traurigkeit in ihren Augen kam,
in ihrem Blick, ihrem Herzen – ich weiß es
nicht.
Wüsste es zu gerne.

Mutter erzählte, sie habe die kleine Angelika
im Kinderwagen vor der Kinderkrippe ab-
gestellt, weil sie arbeiten gehen musste.
Manchmal auch weinend – beide. Aber sie
musste los, durfte nicht zu spät kommen.
Es kam vor, dass Angelika in ihrem Kinderwagen dort auch schon mal fast eine halbe
Stunde stand, bis die ersten „Tanten" kamen
und sie mit hineinnahmen.

War sie einsam?
Verzweifelt?

Ängstlich?
Panisch?
War ihr diese Welt einfach zu feindlich?
Vermisste sie ihr Zuhause?
Ihre Mutter?

Weshalb wurde sie so früh weggegeben?
Weil die Eltern beschlossen hatten, dass man das Geld brauchte oder weil Mutter ohne Arbeit nicht auskam?
Es macht keinen Sinn, nachzufragen, fast 70 Jahre später liegen die wahren Gründe längst im Verborgenen, im Vergessenen.
Werden verklärt, verzerrt, verbogen.
Man hat sich längst seine eigene Geschichte und seine Beweggründe ausgedacht, seine Biografie entworfen und zur Wahrheit gemacht.

Neptun.

Sie konnte nicht alleine sein.
Ihre Stimmungen waren zu intensiv.
Nicht auszuhaltende Gefühle, denke ich.
Sehnsucht nach dem Prinzen auf dem weißen Pferd.
Nach der starken Schulter.
Das Leben alleine zu meistern, war nicht unbedingt angelegt in ihrem Wesen.

Gehörte ganz und gar nicht zu ihren Stär-
ken.

War sie ein steuerloses Boot, das auf einem
reißenden Fluss trieb?
Stimmungen, stark wie Strömungen.
Hatte ihr niemand gesagt, dass sie gegen
diese Strömung schwimmen, ankämpfen
musste?
Gerade sie.
Dass sie genau dies zu ihrer Lebensaufgabe
machen musste.

(Trug sie Trauerkleidung?)

Wenig später machte sie ihre Jugendliebe,
ihre Zeltplatz-Romanze ausfindig.
Was liegt näher ...
Wer weiß, wie oft sie in den letzten Jahren
an ihn gedacht hatte.
Auch er, wie wir alle, gestrandet.
Unglückliche Ehe, das Leben an die Wand
gefahren.
Würde er natürlich anders sehen. (Wie die
meisten.)

Sie war nicht lange alleine, da fuhr sie schon
zum ersten Mal ins Allgäu – zu ihm.
Die Dinge nahmen wieder ihren Lauf.
Strömten auf sie zu.

Auf sie ein.
Sie ließ sich mit ihnen treiben.

Du sottsch erscht amol a Weile alloi sei.

Ich hatte allen Mut zusammengenommen und meine Bedenken geäußert, sich so schnell wieder auf eine Beziehung einzulassen. Ich hielt es für besser, wenn sie erst einmal eine Weile alleine geblieben wäre.

Versuch doch erscht amol alloi glaarzom-komma.
I ko ed räacht alloi sei, Didi.
Probiers doch erscht amol, bevor de auf-gibsch. Du hosch doch no gar ed räacht o-gfanga drmit.
Didi, i will des aber ed. I will ed alloi sei.
Wenn de moisch ...

Don't Look Now

In der winzigen Küchenzeile duftete es nach frisch gekochtem Kaffee.
Vater saß am kleinen Tisch unter der Durchreiche ins Wohnzimmer.
Mutter deckte den Tisch für uns vier.
Vater blödelte, machte Witze, vollführte Possen.
Nüchtern hatte er das wirklich drauf.
Wir alle lachten.

Davon gibt es ein Foto.
Es liegt hier neben mir auf dem Schreibtisch. (Von mir geschossen.)
Deda steht hinter der Durchreiche in der Küche, den Blick auf Vater gerichtet, ein Tablett in den Händen.
Das Tablett ist schräg, weil sie von Vaters Späßen abgelenkt ist und nicht mehr mitbekommt, dass ihr gleich die Sachen vom Tablett rutschen werden.
Ein seltener Familienmoment.

Anfang der 80er Jahre hatte ich mich ziemlich aus dem Familienleben rausgenommen.

Hatte meine kleine Rebellion geübt.
Sturm und Drang, und der ganze Mist.
Deda hatte mich enttäuscht, indem sie nicht
versucht hatte, ihr Leben erst einmal alleine
auf die Reihe zu bekommen. Sich ihm nicht
stellte. Und sich gleich wieder irgendeinem
Typen an den Hals warf.

Des isch ed blooß irgend oiner!

Das schwante mir allmählich auch.
Nach dem Frühstück, irgendwann gegen
Mittag, würde er eintreffen.
Nachdem sie sich schon einige Male gegen-
seitig besucht hatten, schien es nun an der
Zeit, ihm ihre Familie vorzustellen.
Die Zeltplatz-Episode war schließlich eine
halbe Ewigkeit her.
Nach dem Frühstück standen wir alle auf
dem Balkon und schauten vom 11. Stock
dieses Efeu-Hochhauses auf Reutlingen.

Des isch amol a Aussicht, mei Liaber!
Vater verquasselte sich:
Ond du willsch wirklich fortzieha?

Ich schaute sie erschrocken, nein, fassungs-
los an.
Sie guckte ebenso erschrocken zu mir.

I hanns dr saga wella, Didi ...
Was, du ziagsch weg? Ens Allgai?
I hanns dr eigentlich scho lang saga wella,
aber i hann me ed draut. S'duad mr loid,
Didi.

Sie drückte ihre Zigarette am Geländer aus,
wollte mich umarmen, aber ich machte
mich los.
Sie lächelte mich traurig an und ging hinein.

Jetzt komm, Bua, wa bisch jetzt so? Mr bsua-
ched se oft.

Was wusste Vater schon. Besuchen!
Was hatte ich davon, sie dreimal im Jahr zu
besuchen – im Allgäu!
In ihrem neuen Leben. Mit P.
P. war noch nicht mal angekommen, und ich
mochte ihn schon nicht.
Ich wollte sie für mich haben. Sie war meine
Schwester.
Gerade eben erst einem üblen Scheißkerl
entkommen, und jetzt schon wieder bereit,
einem neuen Unbekannten zu folgen.
Auch noch ins Allgäu. Wer wollte dort schon
freiwillig hin.
(Ich sage ja, Sturm und Drang und der ganze
Mist.)

Ich wollte sie nicht hergeben.

Vater, der sonst so viel Aufhebens um seinen Augapfel – seine Tochter – machte, schaute dieser Entwicklung viel zu gelassen entgegen, wie ich fand.

Jetzt komm, Bua, lach amol wieder!

Er griff nach mir (dieses Kraftpaket) packte mich mit beiden Händen an der Hüfte, hob mich hoch, stellte mich auf das Balkon-Geländer, ließ mich ruckartig nach vorne kippen und tat so, als wollte er mich aus dem 11. Stock hinunterwerfen.

Die Tiefe war schockierend. Die Autos auf dem Parkplatz winzig.
Ich konnte nicht schreien. Nicht sprechen.
Machte keinen Mucks.
Jeder Gesichtsmuskel blieb mir vor Entsetzen stehen.
Schockgefroren.
Ich pinkelte ein paar Tropfen in meine Hose.
Lachend hob er mich wieder herunter und stellte mich neben sich.

Bisher hatte ich meine Bande über Hausdächer, Kinodächer, Schuppendächer und Garagendächer geführt.

Damit war es von nun an vorbei.
Ich kletterte danach nicht einmal mehr eine Feuerleiter hoch.
Dank Vater.

Am Nachmittag traf P. ein.
Mir war klar, dass sie schon nach wenigen Besuchen schwach geworden war.
Da stand er mit seinen leuchtenden blauen Augen, dem machohaften Händedruck, seinen prallen Bizeps, dem charmanten, gewinnenden Lächeln und dem holprigen Allgäuer Dialekt, den sie wahrscheinlich wahnsinnig süß gefunden hat.
Das alles musste ihr schon damals, auf dem Campingplatz am Bodensee, mächtig imponiert haben.

Bei ihrem Umzug habe ich nicht mitgeholfen.

Meldsch de amol, Didi. Vergiss me ned.

Sie vergessen?
Wie könnte ich jemals ...

Dann war sie es, die sich meistens gemeldet hat.
Die mich nach meinen Abenteuern fragte.

Die vom Allgäu aus meinen Ausbildungslei-
ter anrief, um mich zu entschuldigen und so
tat, als würde sie hier bei uns in Reutlingen
in der Wohnung hocken.
Die mich ausquetschte, was ich in Sachen
Liebe schon alles erlebt hatte.
Die mir versicherte, ich dürfe immer und je-
derzeit bei ihr anrufen.
Die meinen Liebeskummer mit mir teilte.
Die für mich bei meinen Eltern eine Lanze
brach, wenn ich mal wieder Scheiße gebaut
hatte.
Die mich nie aufgab.
Die immer zu mir hielt.
Die mir goldenes Licht auf die dunklen
Wege streute.
Die mir Brücken baute.

Ich hatte Sehnsucht nach ihr.
Wir nannten das „Heimweh".

I hann Hoimwaih nach dr.

Ich fuhr mit dem Mofa zu ihr, tuckerte über
die Alb. Hockte Stunden auf dem harten Sat-
tel, saß mir den Hintern wund.
Am nächsten Tag wieder heim.
P. blieb reserviert. Gereizt.
Seine Eifersucht auf mich schien offensicht-
lich.

Ich besuchte sie deshalb weniger, als ich es gerne getan hätte.
Lebhaft konnte ich mir die Eifersuchtsszenen vorstellen, die er ihr nach meinen Besuchen machte.

Sie und ich waren doch Familie.
Bruder und Schwester.

Commotion

Anekdoten.

Ihre Besuche wurden seltener.
Telefonate weniger.

Wenn sie zu Besuch kam, wollte ich mir
meine Eifersucht nicht anmerken lassen.
Verzog mich in mein Zimmer.
Vater und Mutter leuchteten geradezu,
wenn sie kam.
Ihr Ein und Alles.
Ich fühlte mich ausgegrenzt.
Warum?
(Psychologie.)

Deda merkte es. Sie merkte alles. Schon immer.
Sie klopfte an, trat ein, stellte Fragen, wollte
mich in ein Gespräch verwickeln, mir zeigen, dass alles okay ist.

Komm, Didi, mr hocket älle zamma am Ku-
chedisch!
Ich blieb meistens unversöhnlich.

(Was stimmte nicht mit mir?)
War es so profan, dass es nur darum ging,
die Nummer Eins meiner Eltern zu sein?
Auf die ich zu dieser Zeit doch gar nichts
mehr gab.
Oder zumindest kaum etwas.

Anekdoten.

Ein Mal klopfte sie vergebens an meine Tür.
Jetzt ed! I komm nochher.
Sie klopfte nochmals.
Hosch ed ghert?
Einige Zeit verstrich.

Dann roch ich es mit einem Mal. Ich fuhr zusammen.
In meinem Zimmer stank es nach Zigarettenqualm.

Ich schaute mich um und sah die kleine
blaue Rauchwolke durchs Schlüsselloch
meiner Zimmertüre kommen.
Ich stürzte zur Türe, riss sie auf, und da
hockte Deda mit gespitzten Lippen auf ihren
Knien und pustete Zigarettenqualm durch
das Schlüsselloch in mein Zimmer.
Ja schbennsch du!
Sie grinste mich versöhnlich an.

Bei diesen Besuchen wurden Anekdoten ausgetauscht.
Die Vergangenheit heraufbeschworen.
Ihre Gegenwart musste beschissen sein. Die meiner Eltern wohl auch.
Ich war Teil dieser Verklärung unserer Familiengeschichte.
Wenn ich irgendwo auftauchte, spitzte ich die Ohren, ansonsten fand ich viele Dinge nicht unbedingt erwähnenswert, auch wenn sie gewisse Eindrücke in mir bis heute hinterlassen haben.

Unsere Besuche bei Oma in Lustnau etwa.
Vaters Mutter.
(Seltsam, unsere Mutter begleitete uns nie dorthin.)
Nur Vater, Deda und ich, besuchten sie in ihrem kleinen Hexenhäuschen.

Em Geesackergässle.

Selbst ich musste schon beim Eintreten den Kopf einziehen, so niedrig und schief hing der Türrahmen.
Ein stinkendes Plumpsklo – von der Küche aus betretbar.
In der dunklen, niederen Küche nie Tageslicht. Ein einziges Fenster, das mehr an eine Schießscharte als an ein Fenster erinnerte.

Auch das Wohnzimmer krumm und schief.
Eine scheinbar herabstürzende Decke.
Beim Gang durch den Raum, mit eingezogenem Kopf, wurde man fast seekrank.
Im muffigen, ungelüfteten Schlafzimmer war ich nur ein einziges Mal.
Um zu sehen, wo Vater mit seinen drei Brüdern, als sie noch Kinder waren, während des Krieges schlafen musste.

Do war's so kalt, dass enna am Fenschdr Eisbloma wared. Weil mr so gfrora henn, semm mr älle en oi Bett neigläga.

Die Oma konnte Geschichten erzählen.
Von Vater.
Wie er schon als Fünfjähriger morgens um Vier aus dem Haus geschickt wurde, um bei einem Metzger zu arbeiten – jeden Tag.
Während sein Vater in Kriegsgefangenschaft war.
Dann zur Schule musste und gleich danach zu einem Bauern aufs Feld geschickt wurde, um dort für einen Kanten Brot, Rüben oder eine Handvoll Kartoffeln zu schuften.
Wie er von beiden windelweich geschlagen wurde, dem Metzger und dem Bauern.
Manchmal mit schlimmen Blessuren heimkam.

Und auch von ihr, seiner Mutter, übel verdroschen wurde.

Sie weint, als sie es erzählt.
Vater weint.
Deda und ich weinen auch.

Ich hasste nur, wenn sie mich mit ihrem übelriechenden Atem aus ihrem zahnlosen Mund unentwegt abküssen wollte und mir dabei durch die Locken fuhr.

Ha so a schees Lockakepfle!

Die Ausdünstungen ihrer Haut ließen mich während des Besuches immer mehr von ihr abrücken. Sie roch unangenehm.
Zumindest empfand ich das so als kleiner Junge.

Des isch's Alder, wa de do so riachsch, Didi, so isch des halt amol. Du wirsch au amol so alt ...

Anekdoten.

Ich erinnere mich, wie Deda mir, als ich noch ein winziger Knirps war, Quitten-Gelee-Brote schmierte. Meine ganze Kindheit lang.

Du warsch ganz verruggt nach dem Quitta-
gsälz.

Wir saßen auf der Eckbank in unserer Küche und sie schnitt mir die Brote in kleine
Quadrate, manchmal auch Dreiecke oder
sonstige geometrische Formen.
Ich konnte sie mir jedenfalls Häppchenwei-
se in den Mund stecken.
Das machte nur sie so. Mutter machte sich
die Mühe nicht.

Zo wa hosch du Zee en dr Gosch.

Ich weiß, Mutter, die Zähne sind zum Bei-
ßen da, aber diese Quitten-Gelee-Häppchen
haben mir einfach das Leben versüßt.
Dank Deda.

Oder wenn wir zusammen in ihrer Mittagspause mit der Straßenbahn die Wilhelmstraße hochfuhren.

Komm, Briaderle, mr fahred a bissle
Schdroßabah ond gangad a Eis essa.

Ich liebte das Gebimmel der Straßenbahn,
den Blick nach draußen zu den Passanten,
die der Straßenbahn aus dem Weg gehen
mussten.

Am Hallenbad angelangt, oder, wenn wir noch mehr Zeit hatten, auch noch etwas weiter oben Richtung Südbahnhof, stiegen wir aus, aßen irgendwo ein Eis zusammen und fuhren wieder zurück.
Ich liebte diese „kleinen Reisen", das Unterwegssein mit ihr.
Ihre Nähe.

Es war kein guter Tag für mich, als die Straßenbahn von der Wilhelmstraße verschwand.
Aber ich hatte ja noch sie – Deda.

Lodi

Und dann war da noch die Sache mit dem Nachttopf.

Wenn ich an sie denke, bin ich regelrecht erschüttert, in welchen Verhältnissen wir Anfang der 1970er Jahre lebten.
Das Gerberviertel. Die Gerberstraße.
Alte, schiefe, winddurchlässige Häuser, die im Winter derart auskühlten, dass man genauso gut in einem Zelt hätte leben können.

In unserer Wohnung gab es kein Badezimmer und keine Toilette.
Wir wuschen uns und putzten die Zähne am Küchenspültisch.
Ein Mal in der Woche wurde die Zinkwanne in die Mitte der Küche gestellt und literweise heißes Wasser gekocht. Badewasser.

Die ganze Familie badete im selben Wasser.
Ich wurde als letzter hineingesetzt.
Nein, das stimmt nicht, Strolchi kam als letzter an die Reihe.

Ich dachte immer, dass man sich das Baden eigentlich schenken könnte, weil ich jedes Mal in den Zuber pinkelte, während ich drin saß.

Die fehlende Toilette in der Wohnung glichen wir mit Nachttöpfen aus.
Unsere Plastiknachttöpfe standen in einem Regal nebeneinander im Abstellraum, der groß genug war, um darin umhergehen zu können.
Die Töpfe wurden allerdings nicht nur nachts benutzt, sondern auch tagsüber.
Eigentlich immer.

Wir mussten uns mit zwei weiteren Familien eine einzige Toilette draußen auf dem Hausflur teilen.
Meistens hatte niemand Lust, zum Pinkeln die Wohnung zu verlassen, also pullerte er in den Piss-Topf.
Manchmal standen die Dinger stinkend und voll bis an den Rand im „Kämmerle" und wurden erst am zweiten oder dritten Tag geleert.
Deda hatte ihren Topf natürlich bei sich oben in ihrer Bude. Unter dem Bett.
Sie ließ ihn immer so voll werden, dass er beinahe überlief.

Eines nachts wachte ich am Gepolter und Lärm im Treppenhaus auf.

Mutter rannte schimpfend durch die Wohnung, hantierte mit Eimer und Putzgeräten herum.

Mitten in der Nacht.

Vater gähnte laut.

Schlof weider, s'isch nix.

Dieses „Nichts" hörte sich jedoch ziemlich fundamental an.

Ich vernahm Dedas gedämpfte Stimme, Mutters Schimpfen, Putzgeräusche, und dann war da noch die Stimme einer Nachbarin, die der alten Frau Schindler, die „Schindlerin", aus dem zweiten Stock, deren Treppe in diesem Augenblick offenbar von Pisse überschwemmt war.

Deda war mit ihrem randvollen Piss-Topf auf der Treppe ausgerutscht und die ganze Brühe floss nun im Treppenhaus herum.

Ich verkroch mich unter der Bettdecke und lachte mich kaputt.

Irgendwann schwante dann auch Vater, dass irgendetwas nicht stimmte.

Sein Schnarchen wurde erst leiser, dann blieb es ganz aus.

Ich hörte, wie er sich etwas überzog und in den Hausflur ging.
Er ließ die Wohnungstüre offen stehen.

Wa isch do los? So a Theater midda en der Naacht.
Ha dui isch d'Schdiaga na gfalla mit ihrm Bronzhafa!

Es roch noch wochenlang nach Urin im oberen Stockwerk.

Looking For A Reason

Ihre Spur verlor sich nach und nach.
Langsam zwar, aber stetig.
Ich ließ es zu.

Es waren ihre letzten beiden Jahre.
Und die unseren.

Auf den Fotos, die noch immer auf dem Boden, neben meinem Schreibtisch, verstreut herumliegen, suche ich nach Fotografien aus eben jener Zeit.
Aus diesen letzten beiden Jahren.

Sie, vor ihren diversen Autos, über die Jahre.

Sie, bei der Ankunft oder dem Abschied auf unserer Straße.

Sie, beim „Nudeln mit Soße" essen.
(Wenn sie über Nacht kam, trank sie mit Vater abends eine halbe Flasche Cognac leer.)

Sie, rauchend am Küchentisch.

Mädle, rauch doch ed so viel. Des brengt de
amol om.

Von P. oder ihrer Ehe erzählte sie nie etwas.
Sie erzählte auch nie etwas über sich.

ICH WUSSTE NICHTS ÜBER SIE!

Sie kam manchmal nur für ein paar Stunden
zu Besuch.
Manchmal meldete sie sich krank, um bei
uns in Reutlingen zu sein.
Ich vermute, das wusste niemand.
Nicht einmal P.
(Er sowieso nicht.)

Sie sieht müde aus in jener Zeit.
Blass.
Geschafft.
Ungeschminkt.
Diese Fotos greifen mich an, schlagen mir in
die Magengrube.

Des isch wäga dem Arschloch, schdemmts?
Didi, schwätz ed so. Des därfsch ed saga.
Ach komm, wärsch no nia ganga.

Zugleich sieht sie jünger aus als je zuvor.

Trägt ihre Haare länger, in der Mitte gescheitelt, nicht mehr mit diesem grässlichen 80er Jahre Seitenscheitel.
Ihre Kleidung ist nicht mehr so auffällig.
Schlicht. Fast ein wenig langweilig.
(Wie die meine, während meinen Dreißigern, sehr viel später.)

Dann kam ihr Unfall.
Für mich heute nicht mehr als eine mir erzählte Episode aus ihrem Leben.
Nichts, woran ich Anteil hatte.
Anteil nahm.
Die Familie – auch Deda – interessierte mich kaum noch.
Eine Schuld!
Eine Schuld, die sie mir nie als solche angerechnet hat.

Mutter und Vater machten mir Vorwürfe.
Willsch ed amol dei Schweschdr bsuacha.

Deda nahm mich noch vor ihnen in Schutz, verteidigte mich.
Sie wusste nicht einmal, weshalb ich nicht hinfuhr, um sie im Krankenhaus zu besuchen.

Ihr Wagen war von der vereisten Straße abgekommen, hatte sich auf einer verschneiten Wiese überschlagen.
Zwei Tage Intensiv-Station.
Dann vierzehn auf Station.
Ich habe sie nicht *ein* Mal besucht oder bei ihr angerufen.

Noch heute schäme ich mich abgrundtief dafür. Und mein Bedauern darüber ist groß.

Sie hat gewartet. Wie immer. Geduldig. Ohne Groll. Auf mich.
Sie hat mir nie, für nichts, niemals auch nur einen einzigen Vorwurf gemacht.
(Konnte sie das überhaupt?)

Bei ihrer Beerdigung, fast zwei Jahre später, war der Friedhof derart überfüllt mit weinenden Menschen, dass ich schockiert war.
Wer waren all diese Menschen, diese trauernden Fremden? Warum weinten so viele?
Das war nicht nur Anteilnahme aus Höflichkeit.

ICH WUSSTE NICHTS ÜBER MEINE SCHWESTER!

Ahnte allenfalls ...

Someday Never Comes

Lindau.

Die Arkaden.
Das Café im goldenen Oktoberlicht.
Ich saß mit dem Gesicht zur Sonne gewandt.
Sie, von einem Sonnenschirm beschattet.

I hann wieder Kopfweh, woisch.

Wir aßen Eis.
Sie trank schwarzen Kaffee dazu, schluckte
Unmengen an Kopfschmerztabletten.
Ein sehr warmer, wundervoll sonniger Tag
für einen Besuch.

Lange hatten wir uns nicht mehr gesehen,
und wenig gehört.
Ich hatte sie schließlich angerufen, wollte
mich ihr wieder zuwenden.
Nicht unbedingt Vater und Mutter.
Aber ihr.

Sie wollte ich wieder in meinem Leben haben.

Lange genug hatte ich mich von ihr ab-
gewandt, mich vor ihr verschlossen.
Sie war Teil dieser Familie, dieses Lebens,
das ich verachtete.
Deshalb hatte ich sie in meine Ablehnung
mit eingeschlossen.
Ein grausamer Fehler.
Den ich eingesehen hatte.
Ich wollte das Band zwischen uns neu knüp-
fen.

Die Arkaden.

P. wusste nichts von unserem Treffen.
Seine Eifersucht auf ihre Familie hatte be-
denkliche Ausmaße angenommen.

Er därfs ed wissa.
Des isch a Arschloch.
Sie schüttelte den Kopf.
Er woiß es ed besser. Er hot Angschd mi
zom verliera.
Der hot de gar ed verdient!

Damals wusste ich noch nicht, dass sie mit
dem Gedanken spielte, ihn zu verlassen, in
ihre Heimat zurückzukehren.
Wir spazierten um die Halbinsel.
Auf dem See glitzerte das Sonnenlicht tau-
sendfach.

Sie trug eine große, dunkle Sonnenbrille.

Sie fragte nach meinem Befinden, nach der Ausbildung, in der ich steckte, nach Carola, mit der ich zusammen war, nach Mutter und Vater, nach Reutlingen, nach der Wilhelmstraße, ob ich mit dem Ausbildungsgeld klar käme, ob Vater mir genügend davon ließ, ob ich Geld bräuchte.

Was macht d'Hoimed?

Von sich selbst sprach sie nicht viel. (Wie immer.)

Deutete an, mit einem verheirateten Kollegen mehr als ein kollegiales Verhältnis zu haben.

Sie schien verliebt.

Da war also jemand, der sie verstand. Der gut zu ihr war.

Ich bohrte nicht nach.

Wenn dieser Kerl ihr ein wenig Glück schenkte ...

Am Nachmittag lernte ich ihn kennen.

Sie wollte ihn mir unbedingt vorstellen, also fuhren wir nach Wangen, besuchten ihn im Geschäft.

An ihrem freien Tag.

Er wirkte sympathisch. Ich konnte mir gut vorstellen, dass sie sich bei ihm wohlfühlte.

Er war ein Sunny-Boy-Typ. Gescheiteltes, blondes Haar. Bundfaltenhose, Polo-Shirt und dunkelbraune Slippers.
Sein Händedruck, weich und kaum zupackend.
Ich fragte mich, ob dieser Kerl ihretwegen wohl seine Frau verlassen würde.
Aber vielleicht wollte er das ja gar nicht.
Wollte es Deda?

Ehebruch?
Ist er gerechtfertigt, wenn in der Ehe die Liebe fehlt, oder Sex entzogen wird?
Wenn einer der beiden nicht mehr kann, oder nicht mehr will.
Soll oder muss man den Verzicht ertragen, um des Anderen willen?
Wegen des Ehevertrages?
Wegen des Eheversprechens, das man irgendwann einmal gegeben hat?
Was, wenn der Andere *sein* Versprechen nicht mehr hält und aufhört zu lieben, sowohl körperlich als auch seelisch?
Oder nur eines von beiden entzieht?
Für Jahre!
Oder wenn Liebe etwas ganz anderes geworden ist für den Einen, etwas Unvereinbares für den Anderen, etwas, worunter man leidet?
Berechtigt das zum Ehebruch?

Wenn es da jemanden gab, mit dem sie glücklich war ...

Lindau.

Am späten Nachmittag fuhren wir zurück nach Wangen.
P. war noch nicht zuhause.
Wir standen in der geöffneten Garage. Sie hatte ihren Wagen gerade hineingefahren.

Schee, dass de do warsch, Didi. Des hot me so gfreit. I be richdich glicklich deshalb!

Ich war auch glücklich deshalb.
Endlich, endlich hatte ich sie wieder.
Sie hatte mich immer, jeden Augenblick ihres Lebens.
Nur ich sie eben nicht.
Ich spürte ihr Glück darüber, es war auch das meine.
Wir umarmten uns.

Hätte ich sie einen Moment länger umarmt, wäre das von oben nach unten gleitende Garagentor auf meinen Kopf gekracht und nicht auf ihren.
Es hatte sich plötzlich selbstständig gemacht. War offenbar nicht ganz eingerastet gewesen.

Die Ecke krachte auf ihren Hinterkopf.

Sie schrie auf.
Geriet vor Schmerz und plötzlicher Übelkeit
ins Wanken und fasste sich mit beiden Händen an die schmerzende Stelle.
Sie wurde noch bleicher, als sie es ohnehin
schon den ganzen Tag gewesen war.
Sie biss die Zähne aufeinander, machte
Zischlaute, stöhnte mit geschlossenen Augen und lehnte sich mit dem Rücken gegen
die Garage.

Deda, isch älles guad?
Mir verschwemmd älles vor de Auga.
Miaß mr zom Arzt?
Noi, Noi, s'goht glei wieder.

Sie setzte sich auf ein Mäuerchen.
Ich dachte an die Rückfahrt.
Den langen Weg, die Staus im Feierabend-
verkehr.

Gohts wieder, bisch sicher?
Älles guad, komm her Briaderle, lass de
drugga.

Wir umarmten, drückten uns.
(Wie klein sie war.)

I komm bald wieder, Deda, no gammer nach Brägenz.
Au ja, des isch a guade Idee. I frai me druff.

Ich legte den Gang ein, fuhr langsam los, kurbelte das Fenster herunter, winkte ihr lächelnd zu.
Sie tauchte im Rückspiegel auf, stand mitten auf der Straße, winkte ebenfalls lächelnd.

Das war unsere letzte Begegnung.

Danach habe ich sie nie wieder lebend gesehen.
Was man unter „lebend" versteht ...

Bad Moon Rising II

Nur noch zwei Mal habe ich sie danach gesehen.

Im Krankenhaus. Nach ihrem Hirnschlag.
Kahl rasiert. Verkabelt. Mit Schläuchen und Zugängen versehen.
Sie lag im Koma.

Ein Arzt kam herein, sagte nur: Fünf Prozent Überlebenschance.
Für seine Kaltschnäuzigkeit hätte ich ihn am liebsten umgebracht.
Ich schaute ihn geschockt an und dachte, dass *er* hier liegen sollte, nicht sie.

Das zweite Mal bei ihrer Beerdigung:
Sie lag aufgebahrt in der kleinen mit Rosen überfüllten Aussegnungshalle.
Viele Hunderte Moosröschen. Ihre Lieblingsblumen.
Sie – inmitten dieses Meeres aus Duft und dunklem Rot.
Scharlachrot war dieser Tod, dieses Entsetzen.

Ihr Gesicht, entstellt und eingefallen.
Sie sah aus wie eine zahnlose abgemagerte uralte hässliche Greisin.
Der Schreck ließ mir die Knie weich werden.
Damit hatte ich nicht gerechnet.

Sie muss ihren Tod gehasst haben.
Nur so konnte ich mir dieses entstellte, bittere, vergrämte, eingefallene, grässliche Greisinnen-Gesicht erklären.

Sie war zudem umgeben von Rüschchen, roten Rosen, von Tüll, Schleiern, dahinfließendem Weiß. Man hatte sie verpackt.
Natürlich, sie war ausgeschlachtet worden.
(Organspenderin aus Überzeugung.)
Wie oft habe ich sie davon abzubringen versucht. Aber sie blieb felsenfest.
Wollte noch, dass ihr Tod anderen Menschen helfen könne.

Schuld?

Diese letzten Minuten vor ihrer Garage (und vor allem SIE, winkend im Rückspiegel) haben sich unauslöschlich in mich eingebrannt.

Immer wieder sehe ich sie dort, im Rückspiegel.
Immer wieder schaue ich zurück, hinein, genau in diesen Spiegel, um sie in ihm zu sehen.

Wie ein immer wiederkehrender Film laufen diese Bilder, diese Minuten, seither vor meinem inneren Auge ab.
Sie kommen ungefragt, manchmal im denkbar ungünstigsten Augenblick.
Seither frage ich mich, ob dieser Unfall, das auf ihren Kopf krachende Garagentor, jenes Blutgerinnsel ausgelöst hat, an dem sie zwei Wochen später gestorben ist.
(Ich denke, es war so!)
An dem sie, wenn ich sie nicht besucht hätte, vielleicht nicht gestorben wäre.

Würde sie heute vielleicht noch leben?

Hätten die Ärzte recht behalten und sie wäre auch ohne dieses gottverdammte Garagentor nicht alt geworden?
Ich habe Jahre gebraucht, mir diesen letzten Besuch zu verzeihen.
Ihn in einem anderen Kontext, einem anderen Licht zu sehen.
Nicht mehr mir die Schuld an ihrem Tod zu geben.

Denn wenn jemand für diesen Tod verantwortlich ist, dann Gott.
Und nicht ich.

Noch immer ist sie da: Deda.

Als kleines Foto auf der Ablage im Bade-
zimmer.
Als Bild in mir. Riesengroß.
Auf Hunderten anderer Fotos.
Als Stimme in meinem Kopf.
Als lang gezogenes „Haaaaallo" in der Mu-
schel des Telefon-Hörers.
Als ein Stück Heimat.
Als Liebe.
Als Erinnerung.
Als Weg ins Leben.
Als Brückenschlag.
In den Songs von *Creedence Clearwater Re-
vival*.
Als Lächeln.
Als Hoffnung.
Als Versprechen.

Als Lichtinsel.
Als lebendige Schwester auf Video-Kasset-
ten, die schon leiern, ständig verzerrte Bilder liefern. (Aus Mutters Besitz.)
Ich bin erstaunt, wie dünn Dedas Stimme
klingt, wie zart, niemals aufdringlich, immer

ein bisschen zu leise. Wie sie sich sprechend zurücknimmt, allen andern den Vortritt lässt, auch beim Reden.

Natürlich auch unserem Vater, der mit Kehlkopf-Problemen zu kämpfen hatte und sich dennoch mit kratziger, lauter Stimme immer in den Vordergrund drängte.
Als ob das, was er zu sagen hatte, stets am Bedeutungsvollsten war.

Dennoch bin ich berührt, wie liebevoll sie mit den Eltern umgeht.
Wie oft sie ihre Eltern abgeholt und ins Allgäu mitgenommen hat, übers Wochenende, auch für länger.
Auf keinem dieser Familientreffen bin ich zu sehen.

Bei der Geburtstagsfeier eines Bekannten, die an einem Spätsommerabend als Gartenfest gefeiert wurde, filmte sie jemand beim Tanzen mit unserem Vater.
Sie tanzen als einziges Paar in der leeren Autowerkstatt des Bekannten.
Durch die Milchglasfenster fällt das schwache Licht der Lampions vom Garten herein.
Aus den Lautsprechern dröhnt Kenny Rogers' „Lucille".
Vater führt.

Er war ein ausgezeichneter Tänzer.
Deda lässt sich gerne führen.

Dies Vater-Tochter-Bild rührt mich zu Tränen.

Sie liebte ihre Eltern. Und ihre Eltern sie.
Ich weiß, dass sie ihnen alles verziehen hatte, schon längst.
Nachdem sie ausgezogen war, änderte sich ihr Verhältnis.
Deda verzieh, hatte Heimweh, vor allem, als sie im Allgäu lebte.

Für sie gab es vielleicht gar nichts zu verzeihen.
Die Eltern und die Heimat – das waren ihre Inseln.

Ohne Deda wäre ich vor die Hunde gegangen.
Ich danke Gott für diese Schwester. Auf den Knien meines Herzens.
(Obwohl er sie mir viel zu früh genommen hat.)

Den Spitznamen „Deda" hatte sie übrigens mir zu verdanken.
Als ich noch zu klein war, um ihren Namen richtig auszusprechen, habe ich mir wohl

aus den verschiedenen Silben etwas zu-
sammengereimt:
An-ge-li-ka.

Ich muss darüber lächeln, dass ich (ihr kleiner Bruder) der noch kaum sprechen konnte, ihr diesen Spitznamen verlieh, und es
nicht einmal wusste.

Ihren Namen, den sie immer behalten hat –
bis heute!

Für mich hörte sich ihr Name einfach so an:

DEDA.

Hope you got your things together
Hope you are quite prepared to die
Looks like we're in for nasty weather
One eye is taken for an eye
                              John Fogerty

Zom Schluss:

Das in diesem Buch gesprochene „Schwä-
bisch" ist das Schwäbisch des Reutlinger
„Gerberviertels" der 1970er Jahre.
Es lässt sich daher weder in einem schwäbi-
schen Wörterbuch noch in einschlägigen
Reutlinger Mundart-Archiven aufstöbern.

Der Autor verspricht jedoch, nach bestem
Wissen und Gewissen die Gespräche und
„Bruddeleien" widergegeben zu haben.

Liebe Leserinnen und Leser,

wie Sie sicherlich bemerkt haben (oder vielleicht auch nicht ...) kommt dieses Buch ohne Seitenzahlen aus.
Dies ist weder ein Versehen noch ein Gestaltungsfehler.
Wir sind der Ansicht, dass das Tragen von Uhren am Handgelenk sowie Seitenzahlen in einem Buch den Fluss der Geschichte hindern, ihn unangenehm –
und sogar manchmal störend – takten.

Wir hoffen,
Sie konnten sich darauf einlassen ...

Solange wir Worte finden,
haben wir einen Weg.

Weitere Titel von Klaus Zeh

Prosa

Taxi *(Roman)*
Mozart oder der Fall des Harlekins *(Roman)*
Lisboa *(Roman)*
Trinity – Irische Begegnungen
(Kurzgeschichten)
Broker *(Roman)*

Lyrik

Die Leichtigkeit des Windes *(Ostsee-Gedichte)*
An Ufern aus Jade *(Bodensee-Gedichte)*
Pontoon – oder wann immer ich hier sein
werde *(Irland-Gedichte)*
Lichtinseln *(Gedichte)*